MiniMiss 出品

纯正＋阳光＋向上

为中国女生量身打造优质课外读物

淑女文学馆
班花朵朵系列001
MiniMiss出品

班花朵朵①·我是艺术生

兔女巫工作窝◎著

北方妇女儿童出版社

小小姐 MiniMiss 出品

图书在版编目（CIP）数据

班花朵朵. 1, 我是艺术生 / 兔女巫工作窝著. —长春：
北方妇女儿童出版社, 2014.1
（意林·小小姐）
ISBN 978-7-5385-8037-2

Ⅰ.①班… Ⅱ.①兔… Ⅲ.①长篇小说－中国－当代
Ⅳ.①I247.5

中国版本图书馆CIP数据核字(2013)第285771号

班花朵朵①·我是艺术生

著　　者	兔女巫工作窝	
出 版 人	刘　刚	
总 策 划	阿　朱	
特约策划	师晓晖	
责任编辑	吴　强　石晓磊	
图书统筹	空心菜	
特约编辑	魏　娜	
绘　　图	bay　神笔画室	
书籍装帧	胡静梅	
美术编辑	刘　静	
开　　本	700mm×1000mm　1/16	
字　　数	230千字	
印　　张	12	
版　　次	2014年1月第1版	
印　　次	2017年6月第6次印刷	

出　　版	北方妇女儿童出版社
发　　行	北方妇女儿童出版社
地　　址	长春市人民大街4646号
	邮编：130021
电　　话	0431-85640624
网　　址	www.bfes.cn
印　　刷	北京市兆成印刷有限责任有限公司

书　　号	ISBN 978-7-5385-8037-2	定价：20.90元

目录

Contents

第一章

重要的一步

Banhau Dao Dao·
Wo Shi Yiduaxheng

每当看到世界上有什么不好的事情，夏梦总是想用画笔把它画得美好，希望世界变得美好。

1

活泼鲜艳的橙黄色墙壁上不规则地贴满了一些画作：一名乞丐种了一棵摇钱树，从此不再挨饿；一位行动不便的老人骑着神犬四处游历；一名美少女挥舞着宝剑对付乱扔垃圾破坏环境的怪物；一个万能煮食炉能自动做出各种美食等。画风虽然稚嫩，但每一幅都天马行空，充满了童真和爱心。

除了墙上的画作外，书桌上、书架上、地上、椅上，甚至床上都摆满了漫画书和各种画纸画具，房间的主人显然是个热爱漫画和绘画的人。

她的名字叫夏梦，是个即将升入初中的女孩。

她的衣柜里满是不同款式的背带裤，不论外出还是在家里，她总喜欢穿着背带裤插满画笔以便她随时拿起画笔画画。她脸上的梨涡十分娇俏可爱，而且头上束起一个简单的发髻，使她显得有点儿像漫画里一脸稚气的可爱的小女孩角色。别人都喜欢取笑她叫她菜包头，她却很喜欢这个菜包头，因为容易打理，省下的时间可以多看几本漫画书。她是个不折不扣的干物女。

今天是个大日子，是学校派发成绩单的重要日子。但天大地大也大不过睡觉做梦，可以在梦里尽情体验另一个天马行空的世界。

"四阿哥，带我去骑马。"夏梦在床上流着口水说着梦话，有时还会手舞足蹈起来，丑态尽现，"嗯，你们跪安吧。"

此时外面有人敲门，发出"咚咚"的敲门声。

但夏梦依然陶醉于梦境中，嘴里喃喃地道："四阿哥，你的心儿嗵嗵、嗵嗵跳得令人很烦躁啊。"

"噗噗、噗噗"的声音越来越强烈，最后"砰"的一声，房门打开了，夏梦的妈妈蹿进来，站在床边，露出一个灿烂得令人不安的笑容，故作温柔地说："小梦，要起床啦。"

夏梦惊坐起来，揉揉眼睛问："妈，到底什么事？"

妈妈加强一下笑容说："嘻嘻，妈妈现在要赶着上班去配音，等下你要自

己做早餐啊。"

夏梦以疑惑的眼神问："你那么着急跑进来叫醒我，就是要说这个？"

"嘻嘻，重点其实是这个。"妈妈把一只断裂的坏门柄递给夏梦，尴尬地一笑，"刚才我赶着出门，一时心急，用力过猛，结果……"

夏梦皱着眉，开始明白是怎么回事了。

"一会儿你也要上学，门锁坏了家里又没人可是很危险的，所以……"妈妈边说边偷偷观察着夏梦的反应。

"所以又要我来修门锁吗？"夏梦忍不住爆发了。

"你要从生活中学习啊，这么简单的技术也学不好，将来怎么找工作？怎么嫁人？"

"这是哪儿跟哪儿啊，我将来又不是要当门锁匠，更不会靠修门锁来找老公吧！"

妈妈突然换了个哭腔说："嗯……都是妈妈不好，没有钱让你去学钢琴，学芭蕾舞，只能让你在生活中磨炼……"

夏梦的妈妈是名专业配音员，最近在配韩剧《绝症孤儿生死恋》，说起这样的对白可谓驾轻就熟、挥洒自如。

"好了好了，我受不了韩剧腔。"夏梦终于投降了。

"嗯，那你记得把门锁修好再上学啊。"妈妈把坏门柄交到夏梦的手上，然后突然想起，"哦，对了，今天你们学校派发成绩单啊。"

"是呀！"夏梦这才完全清醒过来，记起今天是个大日子，显得有点儿紧张。

"乖女儿，加油。妈妈永远支持你。无论成绩如何，只要不放弃，最终一定会获得胜利！"妈妈一下子又换成日剧的励志对白，不过倒是说得挺诚恳的。

"好了，我真的要上班了。"妈妈说罢噘着嘴示意什么似的。

夏梦身子往前倾，跟妈妈亲了一下作别，这是她们母女俩的惯常动作，非常温馨。

"拜拜。"妈妈说完便快得像瞬间转移般不见了。

夏梦看着手中的坏门柄，摇头轻叹："唉，怎么老是让一个小女生做这些莫名其妙的事情呢？"

2

上午八点左右，出门上班上学的高峰时刻，街上人来人往，车水马龙。

夏梦连早餐也来不及吃，匆匆修好了门锁后便立刻出门，赶上上学上班的人潮高峰。公交车上摩肩接踵，马路上水泄不通。下车后夏梦连奔带跑地赶，终于赶到学校了，却发现校门外挤满了人。

"是不是我的成绩特别好，所以各大名校学府闻风而至来招揽我呢？"夏梦毫不害羞地猜想（妄想）着，显然是平时漫画看太多了。

她乐滋滋地走过去说："咳咳，你们是来找我的吗？请大家冷静一点儿，守秩序，不要把我的同学们吓坏啊。"

但那群人并没有理会她，夏梦仔细看清楚才发现，原来他们都是家长，正紧张地等待着他们的孩子出来汇报成绩。

这群过度紧张的家长，有些在求神拜佛，为孩子祈求能取得好成绩；有些在看中学指南，尽早帮孩子拣选优良学校；有些则打太极来打发时间和舒缓压力；有位年纪较大的富豪家长一边等孩子出来，一边让私人护士帮他量血压，以防紧张过度血压攀升。

夏梦花了不少气力才穿过重重家长人墙挤进学校去，还几乎因此而迟到。

校门外挤满了家长，没想到教室外同样聚满了学生。夏梦好奇地问："你们为什么站在教室外不进去？"

同学告诉她，班主任陈老师为了保护同学们的隐私，避免尴尬，所以决定单独面见各人。大家聚在教室外就是等着老师通知他们进去拿成绩单。

陈老师的决定太英明了，夏梦心里大力称赞。因为以往都是在班上派发成绩单，虽然也是一个个从老师手上接过成绩单，别人不会知道分数，但大家从老师的表情大概也猜到那人的成绩怎么样，而且派发时老师免不了会即时点评几句，全班同学都听得到。

大前年，老师用鼓励的语气对夏梦说："不要紧，下次努力点儿，勤能补拙。"

到了前年，老师用劝诫的态度说："数学不及格，平时要多动脑筋。"

去年派发成绩单时，老师严重警告："笨鸟先飞你应该听过吧？你再不先飞就到不了目的地了！"

每次派发成绩单都令夏梦尴尬不已，所以这次单独面见可算是一大德政。此时，教室里传出陈老师的声音："周小东。"

第一个被叫进去拿成绩单的是年年考第一的周小东。

他不到一分钟就出来了，估计老师也只说了一两句称赞的话。周小东保持一贯的沉着和自信，礼貌地跟同学们说了声："我先回家了，再见。"

接着第二个被叫进去的是年年考第二的王菲菲。

第三个被叫进去的是年年考第三的张文……

这时大家的额头都已经掉下颗颗冷汗。

保护什么隐私啊，这不就是按名次派发成绩单吗？现在连每个人考什么名次都一清二楚了。

同学们也只好接受现实，马上按自己估计的成绩在教室外排好队。全班有三十八人，夏梦上次考第十五名，这次她便排到第十五的位置上。

可是邓国强突然走过来插队，排在夏梦的前面，夏梦反应很大，因为邓国强的成绩一向比较差，在下游的名次徘徊。

"喂！你不要插队！"夏梦斥责他。

没想到邓国强双眼透着自信说："这个学年我可是很努力读书的，我有信心至少考第十五名！"

他坚定不移地站在夏梦前面，眼泛泪光，好像付出了不少血汗似的，夏梦也不好意思质疑他了，只好让他排在前面。

接着又有几名同学在夏梦前面插队，理由都是今年读书很用功，请了很好的家教老师，考试猜中不少试题，等等。

夏梦一下子从第十五位排到第二十位，心里不禁嘀咕："为什么都在我前面插队呢？难道我就是成绩好坏的分界线吗？还是大家都把我当作假想敌了？"

这时，本来排第二十一位的丁军也想插队。

"站住！"夏梦忍无可忍了，马上制止。

丁军冷冷地说："我觉得你今年的成绩会退步啊。"

夏梦气炸了肺，厉声反驳："我怎么退步也不会跌出二十名以外的！排在我后面！"

夏梦摆出一副凶狠的架势，拒绝任何人再插队，大家见状也不敢冒犯了。

前面十几名同学陆续进教室，排队的次序跟名次大致相同，最多只有两三名的误差，证明大家对自己的实力还是挺了解的。

第十五名真的是成绩突飞猛进的邓国强，他的付出得到了回报。而第十六到第十九名亦果然不是夏梦，但最令夏梦失望和尴尬的，是到了第二十名的时候，班主任竟喊出："丁军。"

"天哪！竟然真的是他！"夏梦真想找个洞躲起来，可惜真的找不到。

丁军在夏梦面前走过，嚣张的眼神摆明在跟夏梦说："都说了，你却不信。"

夏梦很生气，很自责，很失落……

结果，夏梦是第二十四个进去的。

一坐下来，班主任陈老师就亲切地问："夏梦，你知道你这学年考第几名吗？"

夏梦有气无力地回答："二十四。"

陈老师惊讶万分："你是怎么知道的？"

夏梦额头掉下一滴冷汗，她已经没心情讨论这个了，只等着老师给她成绩单，然后说一句什么样的评语。

陈老师把成绩单递给夏梦，同时开口说："夏梦，我想跟你说……"

　　这时教室外就只剩下十来名同学在等候，教室里突然传出一声尖叫："哇！"

　　教室门"啪"的一声开了，夏梦泪流满面地冲了出来，那些名次更低的同学都看得有点儿心寒。

3

急速的脚步声响彻校园，夏梦在教室外长长的走廊跑过，眼泪滚落而下。她不是漫无目的地跑，她要去一个地方，找一个人。

夏梦带着悲伤的心情从五楼跑到一楼，然后一直跑到葱郁的后花园，那里有一个长发的女同学在当值，为花草浇水。

夏梦二话不说就扑上去，从后面抱住那个女生，尽情哭诉："舒琴，我要哭了，我要哭了，不，其实我已经哭了，呜……"

那个叫舒琴的女生没有任何反应，只是呆呆地站着。夏梦没有得到预期的安慰，只好加强悬念，希望引起对方的追问。

"你知道刚才陈老师跟我说什么吗？你一定猜不到，他太过分了……"

结果却听到一道男性的声音说："你再不放开我，我就喊非礼。"

夏梦探头看清楚此人的面貌，竟然是个男生！夏梦猛地推开他，并大叫出来："哇，魔怪！为什么是你？"

这个男生叫莫乖，人人都叫他魔怪，是夏梦隔壁班的同学，跟舒琴同班。

上过学的都知道，每个校园里总会有一两个外表邋遢、行径怪异的学生，莫乖就是那个角色了，经常被同学们拿来作为一切坏东西的代名词。

"你戴这假发干吗？好恶心！"夏梦第一时间摘下莫乖的假发。

"也不及被你这个菜包头抱着恶心啊。"莫乖做出一个想吐的表情。

夏梦恨不得揍他一顿，但她还是按捺着问："舒琴呢？"

"她今天没有上学，是她叫我假扮她，代她当值的。报酬是一个星期的便当。"莫乖贼笑。

"舒琴没来上学？"夏梦很失落，感觉自己失去了依靠。

舒琴是夏梦青梅竹马的闺蜜，从小就一起玩，一起念书，一起长大。她们经常到对方的家里玩，一起做功课、吃饭，甚至过夜；最喜欢通宵聊心事，讲八卦，无所不谈；每当遇到高兴或者伤感的事，都会马上找对方倾诉。

可惜此刻她最伤心失落的时候，却找不到舒琴倾诉。

这夜，夏梦的妈妈因为要通宵加班不回家。夏梦仍未把老师的话对任何人说，一直憋在心里。她躺在床上，回想起今天班主任在教室里对她说的那番话，心里依然很激动。

当时班主任陈老师把成绩单递给夏梦，并说："夏梦，我想跟你说，关于升学的问题，以你现在的成绩，要入读像样点儿的中学确实有点儿难，所以我建议……"

夏梦咽了一口口水。

"你还是报读奇花中学吧。"

"奇花中学"四个字如咒语一般在夏梦的脑海里萦绕不散，夏梦也像中了魔咒一样呆在当场，没有反应。

奇花中学可是出了名的垃圾中学，专门接收最差最坏，没有学校愿意录取的学生。人们都嘲笑它为奇葩中学，因为校内不论学生、老师，还是校长，都是一个个奇葩。

陈老师拿出一份奇花中学的介绍资料摆在夏梦的面前，夏梦看到照片里的各种奇葩，终于崩溃了。她"哇"的一声夺门而出，眼泪忍不住滚滚而下。

夏梦想到这里又哭了，"呜……我的成绩真有那么差吗？要沦落到读奇花中学？我不要！我不要做奇葩！我将来的目标可是要考入八大美院的！呜……"

夏梦在床上辗转反侧地哭，但渐渐发觉自己的哭声竟然伴随着二胡的伴奏。夏梦惊讶不已，马上捂住嘴巴不哭，但二胡声犹在，而且节奏旋律突然从哀怨变得越来越轻快激昂，吓得她马上钻进被子里瑟瑟发抖。

"天哪，怎么回事？为什么会有二胡声？"夏梦躲在被子里越想越害怕。

二胡声还不够可怕，更可怕的是忽然连歌词也唱了出来。一个女声在唱："小梦，小梦，你在哪里？小梦，小梦，赶快出来……"

如此恐怖的情景，夏梦实在忍不住惊叫起来："哇呀！"

唱歌的人似乎循声找到了夏梦的位置，歌声逐渐逼近夏梦的卧室，吓得夏梦牙关打战。

"小梦，小梦，我想跟你说一件开心高兴的事情。"

唱到这里，夏梦的被子突然被掀起，吓得她惊慌失措地乱叫："哇！呀呀！"

"小梦，你干吗？"

夏梦认得这个声音了，睁开眼一看，"舒琴！"

舒琴一身衣着都是钢琴、音符图案，手里拿着一把时尚的电二胡，脸上挂着灿烂的笑容。

"你吓死我了！真不该把我家的钥匙给你！"夏梦拿枕头打舒琴。

舒琴把枕头抢过来，说："小梦，我告诉你一个好消息，我考进了艺林附中的音乐班啊。哈哈……"

舒琴亮出证书得意地笑，正等待着夏梦的兴奋回应，没想到夏梦却莫名其妙地大哭起来："呜……"

"我也告诉你一个坏消息，今天老师叫我去报奇花中学。以后你是音乐家，我是奇葩，我们阴阳相隔了。"夏梦认为读奇花中学跟坠入地狱没多大分别，都是永不超生。

舒琴听了很惊讶，"奇花中学？怎么可能！你不是说过这学年会努力读书的吗？考第几名？"

夏梦一脸尴尬，别过头来，回避舒琴的视线。

舒琴比夏梦更着急，在房间里不停地来回踱步，"那怎么办啊？进了最差的学校，以后怎么上大学？你不是要考八大美院的吗？"

"舒琴，你冷静点儿，地板都快被你踏穿了。"夏梦竟然反过来安慰舒琴。

"有了！"舒琴突然想到了什么，再拿起那艺林附中的专业证书说，"报考艺林附中！你也知道，艺林高中是所有热爱美术和音乐的孩子向往的艺术殿堂，考上艺林高中就有了上大学的保障，每年都有很多考生考上八大美院和音乐学院。而入读艺林高中附属中学，就是升读艺林高中的最佳踏脚石！"

"你都说了，那么好的学校，以我这样的成绩能考上吗？"

"没关系，他们主要看专业考试临场测试表现。"

"可是我没有经过正规的美术训练，只是平时喜欢看漫画，自己试着画而已。"

"你看！"舒琴从夏梦的书桌上拿起一幅画，"你画得那么好，简直有专业漫画家的水准啊。你要对自己有信心。"

夏梦一脸尴尬："你拿着的那幅画不是我画的，是我买来参考的漫画家作品。"

"那……那说明你对美术很热爱啊！"舒琴继续鼓励。

"可是……"夏梦还在犹豫。

"难道你已经放弃当画家的梦想了吗？"

舒琴这句话深深打进夏梦的心里。或许因为漫画看得多，夏梦的性格也有点儿像那些热血漫画的主角，斗志总是突然之间就燃烧起来。

"没有！我从没放弃过！我希望做名出色的画家！"夏梦站起来，激昂地说。

"嗯，你一定会成功的，第一步先要考入艺林附中！"舒琴双手搭在夏梦的肩上鼓励她。

"嗯，那我就去试一试，艺林附中美术班的专业测试是什么时候？我要好好准备一下。"

"明天。"

夏梦应声倒在床上。

第一章

重要的一步

4

曙光初露，城市仍在伸懒腰的时候，夏梦已经吃过早餐，准备赶赴艺林附中参加美术班的专业测试。

早上这个时间堵车很厉害，为了确保准时到达，夏梦选择了骑自行车去艺林附中。由于昨晚才知道今天是艺林附中的美术班专业考试，夏梦也来不及准备些什么，只把一些画笔画纸塞进包里便匆匆出门。

夏梦推着自行车上了天桥，穿过隧道，在马路和人行道上左右穿插。看见马路上的交通堵得死死的，夏梦深感自己很有先见之明。

一时自我感觉良好，令爱幻想的夏梦放下了专注力，脑袋又开始胡思乱想起来，例如想想艺林附中的考官会不会是个大帅哥？专业考试将会考些什么？将来毕业后要选八大美院中的哪一家？夏梦想着想着，越想越远……

就在夏梦已经想着为将来的儿女起个什么优雅名字的时候，她赫然发现面前也有一个失去专注力，戴着耳机听音乐的女生不看车就过马路。

这个年纪跟夏梦相仿的女生叫菲奥娜，长得挺漂亮，高挑苗条，五官精致，可就是嚣张了一点儿，看起来又冷又凶。

"小心！让开呀！危险呀！"夏梦急于提醒，高声呼喊。

但戴着耳机的菲奥娜完全听不到外界的声音，依然保持一副高傲的姿态，看也不看就横过马路，好像全世界的车子都应该自动停下来让她过马路一样。

高速行进中的夏梦只好双手用力抓握刹车闸，紧急刹车。

刹车所发出的尖锐刺耳声终于引起了菲奥娜的注意，她转头一看，才发现夏梦的自行车正迎面冲过来。她也来不及反应，只是紧闭双眼，面容扭曲，张大嘴巴发出比刹车声更尖锐刺耳的呼叫声。

快要撞上菲奥娜了，夏梦也闭着眼睛不敢看，同样张大嘴巴尖叫。

"呀！"夏梦与菲奥娜合声。

自行车刚好在菲奥娜面前两厘米的位置成功刹住。菲奥娜毫发无损，但手里的一份三明治却脱手掉在地上。

夏梦终于松了一口气，伏在自行车的手柄上喘息着："真的好险啊，幸好没有撞到。"

可是一个凶狠的声音从夏梦头顶罩下来："你这个菜包头，快赔偿！"

夏梦吞了一口口水，仔细看清楚自行车与菲奥娜的距离，然后抬头说："我的车完全没有碰到你啊，要赔偿什么？"

只见菲奥娜双手抱在胸前，手指轻轻往地下一指，"我的早餐。"

夏梦低头看到那跌成一坨的三明治，大表同情："对不起啊，多少钱？我赔给你吧。"

菲奥娜突然很生气，叉腰大骂："这不是钱的问题！钱我多的是，现在的问题是我没有早餐吃！"

"这样吧，我到附近买几个菜肉包赔给你。"夏梦掏出钱包准备去买。

"菜肉包？"菲奥娜反应之大好像要她吃便便一样，她拿起三明治的包装袋，指着上面的法文名字说，"我只吃这种高级餐厅的东西，其他平民食品我吃了会吐！"

"有那么严重？"

"你要赔就去这家餐厅，买相同款式的三明治回来给我！"菲奥娜把包装袋连同三明治塞到夏梦手里。

"但我有急事，不可以迟到。"夏梦很为难。

"只有你赶时间吗？我也有重要的事要做，但我现在没有早餐吃，全身无力，头也有点儿晕，如果造成什么损失是不是你来赔？"

话音刚落，菲奥娜抬着额头做晕状，"哎，真的有点儿晕。"

夏梦连忙扶住她，"你没事吧？"

"快点儿去买！"菲奥娜大力顿足，发公主脾气。

菲奥娜看起来弱不禁风，夏梦真的有点儿担心，连忙说："好好好，我去

买。那家餐厅在哪儿？"

菲奥娜指着前面说："在前面路口右转。"

"嗯，你等我！"夏梦马上将自行车掉头，往菲奥娜所指的方向踏去。

菲奥娜没有骗她，那家餐厅的确在前面路口右转，只是她没有讲清楚右转之后还要走多久。夏梦带着那个包装袋，拼命地踏，沿途都看不见那包装袋上印着的法国餐厅。夏梦问了不少路人，那家餐厅似乎距离很远，要一直往前走。

结果夏梦踏了半个小时自行车才来到那家法国餐厅，她放下车子便冲进去，里面的人几乎以为她是来打劫的。

夏梦一手抓起包装袋里烂成一坨的三明治，向店员说："麻烦你，我要买这款三明治，要一模一样的。"

看到这坨恶心的东西谁都马上想吐，但店员还是保持敬业的态度，从柜里取出相同款式的三明治，"盛惠八十八块八毛。"

夏梦听完呆在当场，心想："一份早餐的钱，够我吃四餐饭了。"

夏梦看看自己的钱包，刚好有九十块，她匆匆买了三明治便赶回去。

或许刚才自行车踏得太剧烈了，回程的时候车胎有漏气的情况，以致自行车摇摆不定，夏梦骑得非常吃力。

夏梦花了双倍的力气回到刚才的事发地点，可是那个叫菲奥娜的女生却不知所终。

"人呢？她不会出了什么事吧？"夏梦担心地四处寻找。

直到夏梦无意中看到某商场外的时钟显示着十点二十分，她才惊醒过来。

"糟了！专业考试已经开始了！"夏梦什么都不管了，要立刻赶去艺林附中参加考试。

但福无双至，祸不单行，此时自行车的车胎已经完全泄气不能再走了，夏梦只好奔跑着赶赴艺林附中。

真是踏破铁鞋无觅处，得来全不费功夫。

说的不是夏梦成功赶上考试，而是她竟然在艺林附中的门外碰到了菲奥娜。

时间为十一点十分，艺林附中的美术班专业考试刚刚结束，一众考生正陆续离开艺林附中，而菲奥娜也在人群当中。

夏梦惊讶地指着菲奥娜说："你！"

菲奥娜的目光却落在夏梦手里的三明治上，"噢！来得正是时候，刚考完试肚子好饿啊。"

菲奥娜一把抢过三明治便吃起来，流露着满足的表情，"好吃啊！"

"你刚才不是说头晕的吗？"夏梦问。

"是呀！幸好没有影响到我的发挥，不然我考不进艺林附中的话就唯你是问！"

夏梦气愤地说："你知不知道为了帮你买这份三明治，我迟到无法参加考试了！"

菲奥娜带点儿不屑："哦，你也是来考艺林附中的吗？不过就算你准时到达也不一定考得上啊，你以为艺林附中是那么容易进的吗？"

夏梦紧握双拳，眼神凶狠地瞪着菲奥娜，泪水几乎要流出来。

菲奥娜感到不妙："你……你想怎样？你迟到关我什么事啊？"

夏梦一言不发，径直向菲奥娜冲过去，吓得菲奥娜马上高声呼喊："救命呀！"

5

夏梦突然一手捉住菲奥娜的手，然后拉着菲奥娜跑进艺林附中校园。

这个女流氓不是想把我拉到一旁虐打吧？菲奥娜越想越怕，奋力挣扎："喂！放开我啊，你想干吗！"

艺林附中校园内贴满了指示，引导考生前往考场。夏梦依照指示来到一间教室，看到一个四十岁左右的中年男人正捧着一大沓画稿试卷准备离开教室。

"考官，等等啊！"夏梦拉着菲奥娜冲了过去。

中年男人闻声站住。

"考官大人，我叫夏梦，是来参加美术班专业考试的。"夏梦气喘吁吁地说，"可是途中不小心弄掉了她的三明治，我去买回一模一样的赔给她，所以才会迟到。"

菲奥娜面对这个中年男人，显得很紧张，慌忙解释："冰校长，我根本不认识这个人，她自己迟到却莫名其妙地拉我进来，真是失礼了。"

菲奥娜鞠躬致歉，力保自己在校长心目中的形象，然后急急离开。

"原……原来你是校长？"夏梦有点儿惊讶。

"每个人迟到总会有原因，但如果你真的很重视这场考试，你是不会让迟到这件事情发生的。"校长严肃地说。

"那是意外……"夏梦感到委屈。

"迟到就是迟到，考试已经完结了。对不起，我帮不到你。"冰校长无情地离开，留下绝望的夏梦。

夏梦欲哭无泪，双脚不由自主、漫无目的地步入那空荡荡的教室，刚才的美术班专业考试就在这里进行。

夏梦独自坐在考场的中央，真希望自己刚才有参加考试。

伤心、失落、郁闷，夏梦的心情跌至谷底。她突然想画画，便拿出了画纸和画笔，坐下来尽情地画，发泄此刻的情绪。

每当看到世界上有什么不好的事情，夏梦总是想用画笔把它画得美好，希望世界变得美好。

现在她要把今天来艺林附中考试的经过画出来，就从遇到菲奥娜开始画。

当然，夏梦做了不少改动，她把自己画成身手敏捷的女侠，能够一个筋斗翻上前把菲奥娜脱手的三明治潇洒地接住，三明治完好无缺，连丝毫变形也没有。

在夏梦的笔下，菲奥娜亦不嚣张野蛮，而是亲切热情的女孩。菲奥娜很感激地接过三明治来吃，自己只吃半份，余下半份请夏梦吃，两个人开心地分享着美味的三明治。

然后夏梦骑自行车载着菲奥娜一起赶去艺林附中，看见时间不多了，夏梦启动机关，自行车竟然变成像占士邦电影里的特工车一样狂飙，瞬间来到艺林附中。

不过她们还是迟到了半分钟，冰校长严格执行考试规则，不准两个人参加考试。她们立刻装出很萌的表情，左右夹攻向冰校长苦苦哀求。终于，冰校长的态度软化了，让她们二人应考。

也许有人觉得这是阿Q精神，但夏梦就是这样通过画画来抒发情绪，寄托希望。

不过夏梦亦清楚知道自己的画改变不了残酷的现实，所以她忍不住哭了，泪水不断滴在画稿上，她的八大美院梦要醒了。

没有人知道夏梦在教室里哭了多久才离开。

当天晚上，舒琴早已潜伏在夏梦的家里，准备了吃的玩的，等待夏梦回来就给她一个惊喜。

可是舒琴从中午一直等到黄昏，夏梦还没有回来。

晚上八点，就在舒琴几乎挨不住要吃掉准备好的食物的时候，夏梦家的门终于慢慢打开。

第一章

重要的一步

舒琴马上拉动所有机关，彩带彩纸撒满夏梦一身，还吹响哨子、喇叭，好不热闹。

"热烈欢迎夏梦小姐凯旋！"舒琴兴奋地欢呼。

可是眼前的夏梦似乎一天之间老了二十多岁。

"阿姨？"舒琴一脸尴尬。

原来回家的是夏梦的妈妈，不是夏梦。

"舒琴，来找小梦玩吗？"夏梦妈妈开玩笑地说，"我女儿是不是坐神舟十号上太空了，你要热烈欢迎她回到地球？"

舒琴便把夏梦去考艺林附中的事告诉她。

"是吗？这个夏梦也没有跟我说啊。"夏梦妈妈很惊讶。

"不过那是今天早上的考试，夏梦怎么到现在还没回来呢？"舒琴开始有点儿担心了。

此时大门又有动静，夏梦终于回来了。

舒琴马上拿起吉他弹奏欢迎的乐曲。而夏梦妈妈则学了舒琴那一句："热烈欢迎夏梦小姐凯旋！"

可是夏梦完全没有反应，面无表情的，看也没看她们两个，像丧尸一样拖着沉重的步伐，滑行回到自己的房间，然后"啪"的一声关了门。

妈妈很愕然："发生了什么事？"

舒琴瞪大眼睛说："难道被丧尸咬了？"

夏梦的丧尸状态维持了好几天，妈妈和舒琴都不敢问及艺林附中考试的事，怕会刺激她，令她变成更高等级的丧尸。

又过了几天，妈妈终于找到了治丧尸的解药。

她兴高采烈地跑进夏梦的房间说："小梦，小梦，艺林附中给你来信了！他们可能已经录取你了！"

"真的？"夏梦兴奋了几秒，但很快就冷静下来，恢复丧尸状态，"怎么可能？我根本没有参加入学考试。"

"是真的啊，我拆开看过了，他们真的录取你了。"妈妈坚定地说。

夏梦马上把信拿过来一看，果然是真的，艺林附中录取了夏梦！

虽然夏梦不知道自己为什么会被录取，但她实在高兴极了，一下子从丧尸变成手舞足蹈的小丑。

但夏梦像突然想到什么，停了下来，疑惑地质问："妈，为什么你私自拆了我的信来看？"

妈妈面露尴尬之色，顾左右而言他："我在做菜，我要去看火了。"

妈妈匆匆逃离，夏梦锲而不舍地追去，"哎！你给我说清楚啊！"

舒琴很快知道了这个好消息，她很替夏梦高兴，她们又可以在同一所学校念书了，一个念音乐，一个念美术，都是自己的兴趣，非常幸福。

她们利用暑假的时间为新学年做好准备，购置日用品、画具、乐器、参考书等，并努力练习，提高自己的水平。

快乐而充实的暑假很快就要过去了，突然有一天，夏梦穿上艺林附中的校服，拿着行李袋来到舒琴的家里。正在睡午觉的舒琴睡眼惺忪地开门，看见夏梦这身装束，吓了一跳，"小梦，你干吗？"

夏梦紧张地说："我说你干吗，今天开学，我来找你一起上学的，怎么你还未换校服？"

"今天开学？不是下周吗？"舒琴连忙找出入学通知单查证一下。

"为什么会这样？"夏梦和舒琴同时惊叫起来。

原来她们核对了一下入学通知单，发现大家的开学日期竟然不相同！舒琴是下周一上午九点，而夏梦则是今天晚上七点。

"所有学校都是下周一开学的呀，怎么你却早了一个星期？"舒琴说。

"我也不知道，这里的确写着美术班是今天晚上七点办理入学手续。难道美术班跟音乐班的开学日期不同？"

"你有没有听说过，有些学校喜欢……"舒琴突然想到了什么，战战兢兢煞有介事地说，"玩新生！"

吓得夏梦大惊："不会吧。"

第二章

Renhun Dui Dui,
Wo Shi Yishusheng

入学前的准备

夏梦站在原地不知所措，发现校门旁边好像贴了一张通告，便走过去看看。通告上确实写着美术班今天晚上七点准时入校办理入学手续，过时不候，迟到即丧失学位。

1

夜幕吞没了最后一缕残照，人们忙完一天的工作，踏着轻快的步伐回家。此时的夏梦却穿好了艺林附中的校服，拿着行李袋，准备按照入学通知单所写的时间，前往艺林附中办理入学。

途中夏梦脑海里不停响起舒琴的那句话："有些学校喜欢……玩新生！"

"真的是玩新生吗？不会吧。他们会怎么捉弄新生？扮鬼？扮贼？假装火警？还是要完成一些令人尴尬难堪的任务？"夏梦越想越害怕。

终于到达艺林附中了，夏梦看见门外聚集了几个同样穿着艺林附中校服的女生，当下松了一口气，"看来今天入学是真的。"

夏梦马上走过去跟新同学们打招呼。可是夏梦还没开口，只见她们用力摇晃了几下艺林附中的大门，然后愤然离开。

"门都锁上了，果然是玩新生，走吧！"其中一个女生带头离开，跟夏梦擦身而过。

"我都说了，怎么可能这个时间办入学手续呢！"

"对啊，真无聊！"

其他几个女生也跟着走了。

夏梦站在原地不知所措，发现校门旁边好像贴了一张通告，便走过去看看。通告上确实写着美术班今天晚上七点准时入校办理入学手续，过时不候，迟到即丧失学位。

现在是六点三十分，距离丧失学位还有半个小时，但夏梦也不敢怠慢，马上准备进入学校登记。可是校门紧锁，夏梦怎样大力推拼命拉也无法打开大门。

她按了几下门铃，是坏的，只好大声向里面喊叫，但没有回应。

夏梦突然悄悄地察看四周，确认没有其他人之后，便放心用各种失态的姿势尝试开门。她像头牛般弯身用头和双手去推，用肩膀去撞，用臀部去坐，甚至躺在地上用双脚用力蹬，但依然无法把门推开。

就在夏梦仪态尽失的时候，后面传来惊讶的声音："哇！不是吧？"

夏梦连忙站好保持仪态，尴尬地说："大惊小怪什么，这门有点儿难开。"

原来惊叫的人是菲奥娜，她惊讶的不是夏梦的失态动作，也不是惊讶学校大门开不了，而是惊讶夏梦为什么会在这里。

"菜包头，你为什么会在这里？你竟然也被录取了？"菲奥娜惊讶得好像看见恐龙出现一样。

"原来是你啊！"夏梦当然也认得菲奥娜，"上次你害我差点儿要报读奇花……"夏梦突然停住，不好意思说下去。

"哈哈，奇葩中学更适合你啊，他们就欠一只菜包。"菲奥娜嘲笑道。

"你说什么！"夏梦很生气。

菲奥娜高傲地慨叹："唉，竟然连你这种水平的人也被录取，艺林附中真的令我很失望。"

"既然那么失望，马上转校啊！"

"要转也是你转，转到奇葩吧！"

夏梦与菲奥娜双手叉腰对峙，突然旁边走过一个人，夏梦与菲奥娜都被那人的独特气质吸引住，两颗脑袋不自觉地转向去看，心里深深赞叹："好有气质啊！"

那人微笑着说："你们好，我叫于婷婷。你们也是艺林附中美术班的吧？"

夏梦和菲奥娜呆呆地点头："嗯。"

于婷婷身材苗条，披着一头乌黑飘逸的长直发，皓齿明眸，不论外貌、举止还是谈吐都有一种美感，感觉她整个人就是一件艺术品。

从于婷婷的眼神中可以看到一份很强烈的自信，自视很高，自觉高人一等，不过她并没有菲奥娜那种嚣张蛮横的态度，她对身边的人都没有恶意，未必因为她特别善良，只是大家处于不同的层次，互不相干，根本没有任何竞争或威胁。

于婷婷，明显就是与众不同。

可是就连开门也与众不同，她竟然温柔地推了一下大门，动作很有美态。但夏梦心里想："我刚才那么辛苦不顾仪态都开不了，她不是以为这样轻轻一推就可以开门吧？"

"嗨！大家好！大家好！"突然一个兴奋洪亮的声音袭来。

原来又有两个女生走了过来。一个叫卢静雅，看起来温柔娴雅，落落大方；另一个叫何欣月，长得略胖，其貌不扬，但性情豪爽。

何欣月异常兴奋地向夏梦她们大力挥手打招呼："嗨！小伙伴们好！"

何欣月拉着卢静雅走过来，张开双手热情地把大家熊抱在一起，"好高兴啊！我们以后就是同学了！多多指教！"

大家对何欣月这么热情的性格显得不知所措，几乎被她抱得窒息。

经过互相简单的自我介绍之后，何欣月突然煞有介事地站在大门前，搓着双掌说："这道门交给我吧，我有办法打开。"

大家都屏息以待，看看何欣月用什么方法打开大门。不过卢静雅的神情却有点儿异样，似乎她比较熟悉何欣月，知道何欣月将要做什么，并为此而担心着。

看何欣月的体格，大家都猜她会用蛮力把门推开。何欣月深吸一口气，像运功一样慢慢提起双手，然后把双手围住嘴巴做成喇叭状，向大门喊了一句："芝麻开门！"

大家都呆住了，只有卢静雅无奈地摇摇头，似乎早就预料到了。

"哈哈哈！"何欣月突然大笑起来，双手指着众人说，"很搞笑吧，对不对？"

"对不对？对不对？对不对？"何欣月逐一指着她们问，好像要每个人都承认很搞笑才肯罢休。

何欣月就是这样喜欢说冷笑话的人。

夏梦觉得这个傻大姐实在太搞笑了，差点儿要笑出来的时候，怎料菲奥娜却冷冷地说了一句："笨蛋才会觉得搞笑。"

夏梦脸上的表情马上僵住，把笑容硬生生地吞回去，并努力忍住不笑。

何欣月见大家不笑，心有不甘，便继续说："我还有另一个方法可以开门，想不想知道？"

何欣月又逐一问她们："想不想知道？"

大家不是礼貌地摇摇头就是直接说："不想。"

"想不想知道？"何欣月逐一地问，忽然隐隐感到一股杀气涌至。她抬头一看，原来杀气来自一个陌生的短发女生。

"又来了一个新同学啊，我叫何欣月，你呢？"何欣月又想热情地拥抱对方，但被对方一手挡住。

这个短发女生年龄跟她们差不多，只是打扮比较成熟，没有穿上校服，而是穿了一身街头潮流的型格服饰，偏向中性打扮，很有个性。身上挂满了骷髅头、锥钉、魔鬼图案的配饰，给人性格叛逆、狂放不羁、我行我素的感觉。

她不打招呼，不自我介绍，只是用冷厉的目光扫视每个人，然后盯住了夏梦，令夏梦感到很不自在。短发女生突然向夏梦的头部伸手，吓得夏梦闭上双眼大叫，但原来对方只是拿去她头上的发卡，然后冷冷地摆摆手示意大家让开，走到大门前，用那枚发卡去开锁。

"咔"的一声，门锁开了。

大家都看得目瞪口呆，除了惊讶于此人的开锁技术外，心里更猜想着这个没穿校服的女生到底是这里的学生还是来偷窃的盗贼啊？

菲奥娜忍不住直接问道："你是做贼的吗？"

那人笑而不语，更令大家不寒而栗。

"哇！没时间了！"夏梦看了一下手表，原来距离七点只剩下几分钟了。

大家马上推门，岂料门锁虽然开了，但大门依然推不动。

那短发女生感到奇怪，蹲下来从门底的缝隙看进去，发现原来里面有一块大石挡住了大门。

"恶作剧！"短发女生骂了一句就掉头准备离开了。

其他人看到门里的大石后，有点儿沮丧。

"原来真是玩新生，浪费我的时间！"菲奥娜很生气，也走了。

于婷婷、卢静雅、何欣月亦跟着离开，只剩下夏梦仍在犹豫。

"等等啊！万一今天入学是真的，怎么办？我们走了就会丧失学位啊。"夏梦叫住她们。

"别天真了，这摆明就是恶作剧。"菲奥娜说。

"考试那天校长对我说，如果我真的重视那场考试，就不会让迟到这件事情发生。"夏梦认真地说，"你们愿意因为一块石头挡住大门而丢失在艺林附中学习的机会吗？"

夏梦上次就是因为要买一份三明治而差点儿失去读艺林附中的机会，所以这次她很珍惜，哪怕这百分之九十九是玩新生，只要有百分之一的可能是真的，她都不想放弃。

"万一真的是玩新生呢？"菲奥娜问。

夏梦露出狰狞的眼神说："那我们就好好教训那个大浑蛋！"

没想到这句话反而有着更大的推动力，大家都咬牙切齿好想教训一下那个人。

夏梦突然想到什么，拿出随身配备的一套水彩画笔，问："你们觉得那个捉弄我们的浑蛋是长什么样的？"

粗眉、扁鼻、歪嘴、长满暗疮。她们一人一句毫不留情地说，夏梦按照她们所说的在大门上画了一个很丑的男生形象。

"就是他了！"夏梦鼓动众人，"就是他捉弄我们！"

"教训他！"何欣月第一个被激起怒火，愤然冲过去，对着那个很欠揍的男生形象用力推。

夏梦也跟着一起推，合二人之力，大石好像被推动了一点点。

其他人见状，也陆续加入，一起用力推大门。夏梦画的浑蛋形象很能激起大家的动力。

"我们要进去，好好教训那个放石头捉弄我们的人！"何欣月最激动。

合众人之力，终于慢慢把石头推动了，大门开出一道缝隙，可以让她们一个接一个进入学校，只是何欣月显得有点儿吃力，但还是成功进去了。

时间刚好七点整，她们都赶忙冲进艺林附中，要么赶办入学登记，要么就教训那个搞恶作剧的人！

结果她们一进入校园就看到一个年轻男生背对着她们站在她们不远处。

"一定是这个人搞的恶作剧。"她们按捺不住怒火，马上要冲过去教训他！

这个男生却不慌不忙，等她们的拳头快要碰到自己的时候，才转过头来淡然地说："欢迎来到艺林附中，我是你们的美术班班主任。"

原来这个男生长得还挺帅的，五官轮廓分明，身材适中，年纪不大，唇上却蓄了个有趣的八字胡，十分独特。

大家听到他是班主任，都马上刹住身子，挤出笑脸。菲奥娜和何欣月更迅速地敬礼："老师好。"

唯独夏梦反应比较迟钝，收招不及，竟然一巴掌抓住了班主任的脸。

大家看到这情形，都不禁惊呆了。

2

夏梦这下必死无疑了，她竟然一巴掌罩住班主任的脸。

她害怕得全身颤抖，呆在当场不知所措。其他人也不知如何反应，只能瞪着眼睛看夏梦怎样解围。

令人很意外，夏梦不但没有马上缩回手，甚至用双手在班主任的脸上乱摸乱搓，大家在想夏梦是不是疯了，她们又怎会想到夏梦原来在装盲。

夏梦翻着白眼，双手摸索着班主任的脸说："你就是我们的班主任吗？应该挺帅的。"

夏梦的创意和勇气令大家都惊呆了，班主任的五官快被摸到变形了，他斜视着夏梦，不满地说："你是不是把老师当笨蛋？你再装模作样我就把你赶出校门！"

夏梦闻言大惊，马上缩回手，眼睛也恢复正常，鞠躬道歉："对不起，对不起。"

还是卢静雅比较圆滑，尝试岔开话题帮夏梦解围："老师，你看起来很年轻啊。不知道该怎么称呼？"

"我叫汪美林。"

大家听了都忍不住笑，尤以夏梦笑得最厉害，"噗"的一声笑出来了，汪老师马上盯着她。

"觉得很好笑吧？像女生的名字对不对？"汪老师严肃地问。

夏梦忍住不笑，摇摇头说："没有，没有呀。"

"我的确比你们大不了多少，今年二十三岁，刚从美术学院毕业。虽然第一次当老师，但我自有一套独特的教学方法，而且要求非常高。"汪老师还特别补充了一句，"我是在军队大院里长大的，所以特别注重纪律。"

大家听得心都凉了一截，未来的日子不会像军训一样吧？

"你们知道美术班为什么要提前一星期入学吗？"汪老师问。

"是不是跟我们开个玩笑？"何欣月笑着回答。

"错！"汪老师斩钉截铁地说，"是我希望大家做好开学的准备，不要虚度暑假。所以我为你们安排了一星期的特训，等你们开学的时候可以更快适应这里的学习环境。"

大家都苦着脸心里埋怨的时候，于婷婷竟然充满自信地说："谢谢老师。"大家顿时觉得于婷婷是个汉奸。

汪老师继续训话："刚才我用石头顶住大门，其实是给你们的第一个考验，测试你们有多渴望进入艺林附中读书。没想到最后能坚持进来的就只有你们六个，其他的人开不了大门就一厢情愿当作玩新生，掉头就走，不去想办法开门，也不去求证，实在太轻易放弃了。"

"那他们没有进来怎么办？"夏梦紧张地问。

"开除！"汪老师顿了一下再说，"就未免太严重了，不过他们将失去参与这个特训营的机会，而且成绩是会计入校内评分的。"

"好险啊！"大家都暗吁一口气。

夏梦更是得意："看！我都说有可能是真的，幸好我们没有放弃啊。"

"别开心得太早。"汪老师当头棒喝，"这除了考验你们的决心，还要考验你们的观察力和智慧。刚才大门外旁边有一根竹竿和一块小石头，你们看见了吗？"

大家都一脸茫然地摇摇头。

"如果你们观察力好一点儿，动动脑筋的话，就会懂得利用杠杆原理轻易撬开大石，不用那么费劲去开门，还几乎迟到了。"

夏梦觉得这考验也太无理了，连忙为自己辩护："我们可是美术班啊，又不是数学班，怎么可能会想到这些？"

汪老师马上驳斥她："美术跟几何数学是息息相关的，不可以因为学美术就忽略其他方面的修养，否则你们的作品只会暗淡无光。"

夏梦大感不妙，喃喃自语："糟了！我数学成绩最差。"

汪老师听到了，突然拿出一本记事簿，问："你叫什么名字？"

"夏梦。"

"嗯，数学差。"汪老师喃喃自语，在记事簿上记录些什么。

夏梦有不祥的预感，担心地问："老师，你那记事本簿记录的是？"

"你们的校内表现评分。"

汪老师淡淡然的回答却令夏梦惊呆了。

"好了，把你们的入学证交给我，还有你们的手机、笔记本电脑、平板电脑等通通交给我。这个星期你们要专心受训，不可以分心。"

她们万般不情愿地把所有随身的电子产品都交给了汪老师。

老师逐一点阅每个人的名字："夏梦、菲奥娜、于婷婷、何欣月、卢静雅、杜鹃。"原来那个很有个性的短发女生叫杜鹃。

"入学手续完成了，大家先回宿舍休息，明天早上七点到206教室集合。"

"七点？"大家带着求情的语气问。

"六点半。"汪老师无情地把时间再提早半个小时。

"会不会太早啊？"

"六点整。还有什么意见吗？"

只见她们都捂着嘴巴摇摇头，不敢再说了。

"很好，你们的宿舍就在那边宿舍楼的三楼二号房间，赶快去休息吧。"

她们便拿好东西往宿舍走去，但是汪老师又叫停了她们："等等。"

大家停下来。

"大门上的图画是谁画的？"汪老师质问。

她们不约而同地指着夏梦，夏梦瞪大了眼睛。

汪老师又拿出那本记事簿写了些什么，然后指令："夏梦，把大门洗擦干净才准回宿舍。"

"知道。"夏梦垂着头，她可是为了鼓励大家才画上图案的，真是欲哭无泪啊。

幸好夏梦随身带着的那些水彩画笔是特制的，用清水很容易就能洗掉。夏梦完成任务后马上赶去宿舍，发现伙伴们正在宿舍里争吵着。

"快下来啊！这张床是我的！"菲奥娜叉着腰喝令。

只见何欣月躺在一张大床上翻来滚去，很享受似的，不愿离开，"不行不行，你看我这样的身形，只有这张床能容纳我，睡其他床我会掉在地上的。"

"我家里的床都超过两米，睡太小的床我也不习惯！"菲奥娜一边说一边想把何欣月拖走，可是何欣月太有分量，怎么拉也拉不动。

原来这宿舍里有六个床位，但床的大小和豪华程度竟然相差甚远。她们在争夺最大最舒适的一张独立床。此外还有两组普通的上下铺，而最恶劣的则是一张简陋的帆布床，放在没有窗户的阴暗角落里。

"床我倒是无所谓，但我希望可以用这张书桌，因为我每天早上都要练习绘画，这张书桌靠近窗边，清晨的采光度比较好。"于婷婷也加入争夺的行列，但她看中的是那张大床旁边的大书桌。

"不行，那书桌摆明跟这床是一套装的。"菲奥娜寸步不让。

大家争执不下，各有各的理由。

杜鹃终于忍不住喝止她们："你们争够了没有？这样下去到明天也分配不完。"

"对，就算我们不去争大床，但那张小床也没有人会自愿要吧，所以我们还是要想个公平的方法来分配。"卢静雅试图化解争端。

何欣月突然雀跃地从床上跳起来说："我想到用什么方法了！"

"什么方法？"

何欣月煞有介事地说："纸飞机比赛！"

夏梦几乎要笑出来了，因为折纸飞机正是她的强项。

她们跑到校舍的天台，用荧光色的纸各折了只纸飞机，大家拿着自己的纸飞机，都充满自信，蓄势待发。

何欣月发号施令："一、二、三！"

何欣月数到二的时候就已经偷步了，拿着纸飞机奔跑到天台的边缘。

"不准耍赖啊！"其他人带着笑声追上去。

跑到天台的边缘，六只手同时往前一扔，六只荧光的纸飞机应声齐飙，在漆黑的夜里乘着晚风滑翔，组成一幅漂亮的夜景。

一如夏梦所料，她的红色纸飞机飞得最远，"哈哈，我赢了我赢了！我可以先选床位！"

但现场一片沉默，大家都呆呆地看着夏梦，好像夏梦弄错了什么似的。

"不是飞得最远就赢吗？"夏梦有种不祥的预感。

"当然不是。"何欣月说清楚比赛规则，"我们是比赛把纸飞机捡回来，按照红、橙、黄、绿、蓝、紫的先后次序来选床，大家只可以捡一只纸飞机回来啊！"

夏梦瞠目结舌："什么时候说的？"

"早就说啦，你没听清楚吗？这样才好玩嘛。捡纸飞机去了！"何欣月又偷步跑了。

其他人马上跟着跑去，留下反应最慢的夏梦在大叫："等等我呀！"

3

早上五点半，宿舍里各种闹钟声相继响起，而且伴随着各种冤魂一样的赖床声。

"唔……呀……咦……"

大家都不愿起床，纷纷把闹钟按停，继续睡。但睡在帆布床上的夏梦却突然被一只球形的闹钟击中。

"哎呀！"夏梦痛叫，捂着后脑醒过来，喝问，"谁？"

夏梦左右张望，见杜鹃刚起床，正从邻床的上铺爬下来，冷冷地睨了夏梦一眼，一声不吭带着牙具往公用卫生间去洗漱。而下铺的卢静雅则静静地叠着被子，把床铺收拾得井井有条。

夏梦正在侦察拿闹钟砸她的元凶，突然又有闹钟声响起，又一只球形闹钟飞掷过来，打中夏梦的头。

这次夏梦看清楚了，是菲奥娜做的，她床上的不同位置放着四五只球形的闹钟，分别调校在不同时间响闹，可见她赖床有多严重，每当闹钟一响，她就随手乱扔。

夏梦咬牙切齿地看着酣睡中的菲奥娜。菲奥娜床上又有一只闹钟响起来了，菲奥娜双手摸索着闹钟，又准备扔出去。

夏梦马上冲过去，拿起那只正在响的闹钟，害得菲奥娜双手摸遍全床也找不到。夏梦把闹钟拿到菲奥娜的耳边，菲奥娜"哇"的一声捂着耳朵跳起来。

"菲奥娜同学，早上好，要起床上课了。"夏梦故意对她挤出一个笑容。

菲奥娜暴跳如雷，大发脾气："人家睡不够啦！这床又小又硬，躺了大半天刚刚睡着又要起床！烦躁死了！"

昨天捡纸飞机比赛的结果是这样的，身手最好的杜鹃抢到了红色的纸飞机，可以优先选床。大家都以为她会选最大的那张独立床，怎料她却鄙视地说："我不喜欢睡大床。"然后她就选了其中一个上铺。

捡到橙色纸飞机的是于婷婷，菲奥娜祈求于婷婷也跟杜鹃一样选上下铺，可是妄想落空了，于婷婷选了最大的床、最好的书桌。

"你不是说不在乎床的吗？书桌给你，床给我吧？"菲奥娜求她割爱，但于婷婷礼貌地回绝。

接着黄、绿、蓝色纸飞机也意义不大，反正都会选上下铺，关键却在于只拿到紫色飞机的夏梦，她注定要睡那张简陋的帆布床了。

"为什么不可以六张床都一样呢？"夏梦欲哭无泪。

"时间差不多了，你们再不去洗漱准备就会迟到了。"于婷婷好意地提醒。

这时大家才发现于婷婷原来早已穿好上课的校服，吃过早餐，端坐书桌前练习画画。

菲奥娜惊愕地问："你是几点起床的？"

"四点半。"

大家不得不投以既惊讶又敬佩的眼神。

早上六点整，于婷婷率先进入206教室，找了个中间的座位坐下，把带来的文具画具放好后，望向黑板，立时露出意外的神情。

其他人也气喘吁吁地陆续跑入教室，除了杜鹃。杜鹃是最迟来到的，她漫不经心地走进教室，一副叛逆不羁的态度。

她们很快就看到于婷婷所看到的东西了，黑板上写着："课堂习作：请凭记忆画出汪美林老师。限时一个小时。"

何欣月第一个惨叫："天哪，我已经完全忘了他长什么样！"

"我也是，昨天根本没看清楚！"夏梦附和。

"于婷婷，你记得老师的样子吗？"菲奥娜紧张地问。

于婷婷却笑而不答。

"看来老师想考验我们的观察力和记忆力。"卢静雅温柔地说。

夏梦撇撇嘴:"我说他根本就是六点钟起不了床,所以才想到了这个习作。"

"对啊!夏梦,你真是有侦探头脑。"何欣月十分认同夏梦的推测。

夏梦继续批评:"所以我觉得这位老师比我们更懒。"

何欣月猛点头:"嗯嗯嗯。"

夏梦和何欣月只顾聊天,卢静雅善意地提醒:"你们还不开始画?"

她们转头一看,原来其他人都已经开始在画了,她们也马上摆好画纸画具开始绘画汪美林老师。

可是汪美林老师到底长什么样子呢?昨天只见过一会儿,到现在印象已经很模糊了。

夏梦大感苦恼。

不过夏梦看见其他人都埋头在画,难道她们都把老师的面容记得一清二楚?

夏梦闭上眼,努力记起昨天晚上的情景。

对于汪老师的面容,夏梦印象最深刻的就只有一幅画面。

夏梦马上把那幅画面画下来。

一个小时过去了,外面突然传来脚步声,大家急急地放下画笔。

汪老师打了个呵欠走进来,明显是刚睡醒。

何欣月立刻向夏梦投以一个钦佩的眼神,夏梦亦回以一个自豪的表情。

"安排给大家的习作都做好了吧?这个习作主要是测试你们的观察力和记忆力。"汪老师说着又打了个呵欠。

夏梦和何欣月不禁偷笑。

"我现在过来看你们的作品。"

汪老师首先走到于婷婷的座位,拿起她的作品一看,立刻技惊四座。

"哇！好棒呀！"夏梦惊呆得合不上嘴巴。

"简直一模一样耶！"何欣月目不转睛地欣赏着。

原来于婷婷不但画得非常逼真，而且技法出众，画出水平极高的作品。

"你的观察力和记忆力真不错。"汪老师褒奖。

"昨天老师责备过我们观察力不够强，所以从那一刻开始我就细心观察所有事物，包括老师你的容貌特质。"

汪老师满意地点点头："嗯，你的绘画功底很深厚，是跟谁学的画画？"

于婷婷微笑地回答："是跟我爸学的，我爸叫于云。"

"你爸是于云？"大家都叫了出来，连汪老师也难掩惊喜之情，因为于云是业界有名的画家，美术界无人不知，怪不得于婷婷的能力这么强了。

接着看菲奥娜的作品，菲奥娜把汪老师画得像个青春偶像明星一样，帅气逼人。

汪老师难以隐藏心中的喜悦，含笑问："有这么帅吗？"

"当然有！难道没有人说过老师你长得像明星吗？"菲奥娜大拍马屁。

大家对菲奥娜的拍马屁行为嗤之以鼻。

至于杜鹃，她的画纸上竟然只画了背景，而没有人物。

汪老师用疑惑的眼神看着杜鹃。

杜鹃凝神看了汪老师一会儿，看得汪老师也有点儿尴尬，大家都不明所以。然后杜鹃不发一言拿起画笔在画纸上速写，在原来的背景上加上汪老师。

没想到杜鹃的速写能力这么强，快速扫上几笔，就画出了汪老师的形象。

杜鹃冷冷地解释："老师，我实在没有记住你的样子，所以要等你出现我才可以画。"

汪老师也不知道该说什么，只是微笑一下，便继续看其他人的画作。

卢静雅画得中规中矩，汪老师看完点了一下头就放下。

何欣月则把画纸收到背后，故作神秘，脸上挂着狡猾的笑容。

"何同学，把你的画给大家欣赏一下吧。"

"各位观众——"何欣月煞有介事地把画亮出，"汪美林老师！"

只见何欣月画了一个长发女人，吓了汪老师一跳。

"你……"汪老师难以接受学生把他画成一个女人。

"哈哈，题目是画汪美林老师，但没有说画哪个汪美林老师啊，世界上有那么多汪美林。我画的这个也可以是汪美林老师啊。哈哈哈……"

何欣月自以为很聪明，大笑起来："哈哈哈……是不是很好笑？"

大家都面无表情，额头上掉下豆大的汗珠。

最后来到夏梦面前，汪老师拿起夏梦的画一看，发现是用漫画技法画的卡通形象，画中的汪老师露出一副猥琐的笑容。

汪老师看着这画越看越生气，终于忍不住质问："我什么时候这样笑过？"

"有啊，就在昨天你听到卢静雅说你看起来很年轻的时候，你就这样笑了。"

"没有！"汪老师严词否认。

"有！"夏梦很坚持，因为她确实看到了，她特别喜欢留意一些有趣、异常的东西。

"我说没有！"汪老师努力维护形象。

"绝对有！我都看到了，刚才菲奥娜说你帅的时候，你也这样怪笑了一下！"

"没有！"

"绝对绝对有！"

双方僵持不下。

大家都很惊讶，夏梦竟然会为了这么小的事跟班主任吵起来。其实是她们还未了解夏梦的性格，只要她认定是对的，她就会坚持到底，不容别人歪曲事实。

　　汪老师气不打一处来，突然说："好，算了。进入下一个训练。"

　　大家好奇地问是什么训练，汪老师只是狡猾地笑了一下，她们大感不妙。

4

"跑快点儿！跑快点儿！"汪老师拿着教鞭，严厉地催促着。

只见学生们正绕着球场跑，都快虚脱的样子，尤其夏梦更是远远落后，像一只垂死的动物在沙漠中爬行一样。

"这变态狂一定是因为我画了他的猥琐笑容，所以公报私仇！"夏梦一边爬行一边暗骂。

"啪"的一声，鞭子掠过夏梦的身边打在地上，吓了夏梦一跳。

"干吗像龟一样爬？快起来！给我跑！"汪老师严厉吆喝，"猪也比你跑得快！"

夏梦愤愤地抗议："我们是美术班，又不是体育班！"

汪老师又是那句："美术跟体育是息息相关的。"

"这也能相关？"夏梦质疑。

"不锻炼好体能，将来怎么应付沉重的学习和功课压力！"汪老师决定加大训练强度，说，"给我多跑两圈，然后到校舍那边跑楼梯！"

大家闻言纷纷倒下。

如此连续几天她们都接受着军训般的严格训练。

从操场跑到礼堂，从礼堂跑到天台，从天台又跑回操场，每天都疲于奔命，为的就是那句："不锻炼好体能，将来怎么应付沉重的学习和功课压力！"

她们还被强逼在音乐教室里听古典乐，除了于婷婷听得很投入之外，其他人都闷得发慌。夏梦更是呵欠连连，好几次睡着了，却突然被交响曲的澎湃音乐惊醒过来。夏梦开始怀疑自己是不是错进了音乐班，她得到一贯的回应："美术跟音乐是息息相关的。"

除了运动和音乐，汪老师连她们的睡眠规律都要管，每天午饭后强逼她们午睡片刻，老师还会现场监督她们有没有睡觉。夏梦经常睡不着，只好装睡，却总是被老师发现，夏梦哭着求饶："我真的睡不着啊！"

晚上老师也强逼她们十点要上床睡觉，第二天六点起床开始训练。

此外，吃的喝的也管得很严，老师要她们自己做菜。

"我们是美术班，不是烹饪班啊……"

"烹饪跟美术是息息相关的。"

幸好她们当中有一个厨艺高手，就是卢静雅。在她的料理下，做出中日意法泰韩餐，天天不同。

可是汪老师严格控制各人的饮食，只把小碟的瓜果青菜分给大家，声称为了大家的健康着想，而主菜他却收起自己享用。大家拿着刀叉餐具恨得牙痒痒，恨不得将面前大吃大喝的汪老师吃掉。

一连串莫名其妙的古怪训练后，她们甚至被要求去洗厕所。菲奥娜终于忍受不了，丢下拖把说："我不洗了！为什么要我们洗厕所！"

这次难得夏梦也附和她，愤愤地说："就是！难道美术跟洗厕所也息息相关吗！"

"你们有没有觉得这个汪老师有点儿古怪？"何欣月像侦探般煞有介事地说。

"说起来，我也觉得汪老师有点儿古怪，这几天他都没有教过我们什么技巧，只是不断要我们做各种奇怪的事情。"连于婷婷也对汪老师起了疑心。但卢静雅尝试替老师辩护："他只是教学方式比较新颖独特吧。"

"你们说他会不会根本就是混饭吃的，甚至没有教学的专业资格？"夏梦猜测道。

"不会吧。"卢静雅还是不敢相信。

"管他有没有专业资格，反正他的教学方法我们已经领教过了，你们愿意继续让这个人做我们的班主任吗？"菲奥娜激动地说。

大家都不敢说出口，但表情反应已经说明答案了。

"那我们可以怎么做？"夏梦问。

菲奥娜心中已有计划，阴沉地一笑："我们要兵分两路。"

晚上十一点，按照规定夏梦她们应该正在睡觉的，但她们这时却悄悄离开宿舍，兵分两路行动。

其中一队是夏梦、何欣月、卢静雅，她们负责潜入汪老师的房间搜集"黑材料"，例如汪老师有没有赌钱、吸烟、喝酒，看不良杂志，等等，只要拿到证据向校长举报，就有可能把汪老师开除，换一位新班主任了。

另外一队则是菲奥娜、于婷婷、杜鹃，她们负责潜入校务办公室，查阅汪老师的履历资料。

夏梦小队静悄悄地来到汪老师的宿舍外面，发现房间里仍亮着灯。

夏梦悄声说："他还未睡。"

卢静雅点了点头。

此时何欣月正在花圃那边，等待着夏梦的指示，十分着急。

夏梦向何欣月大力挥手示意，何欣月看到了，突然大声叫："救命啊！老师！救命啊！"

汪老师闻声立刻拿着教鞭走出来，东张西望，然后循着呼救声的方向走去。

夏梦和卢静雅早已躲在角落里，等汪老师走了，马上偷偷潜入他的房间。

房间里乱得像个宅男的蜗居，书本杂物散乱无章，电脑桌上放满了卢静雅白天做的美味食物。电脑开着，是正在玩网游的画面。

"要我们十点睡觉，自己却十一点多还在玩网游，还把学生辛苦做的食物留给自己吃。这什么老师啊！哼！"夏梦很忿。

"这里东西好乱啊。"卢静雅边说边整理杂物。

"你干吗！我们是来搜集证据，不是帮他打扫的啊！"夏梦提醒卢静雅，"快看看有没有香烟，有没有酒，有没有不良刊物或者光盘……"

她们便开始从杂乱的东西中搜索。

可是没有特别的发现，都是一些小说、游戏光盘、零食、各种电子产品之类的。

"看来汪老师只是特别喜欢看小说和玩网游而已，这很难向校长告发啊！"卢静雅说。

"再找找吧，他一定有什么不良的嗜好。"夏梦不服气，继续搜索。

夏梦发现书桌上有一本翻开的书，拿起一看，竟然是《养猪手册》，她大感奇怪，老师为什么会看《养猪手册》？她们是美术班，不是养殖班啊。

此时，门外传来急促的奔跑声，夏梦和卢静雅大惊，逃出去已来不及了，但房间里亦无处可躲，怎么办呢？正不知如何是好之际，一个身影闪进来，大叫："快走！老师快回来了！"

原来奔跑过来的是何欣月。夏梦马上带着那本《养猪手册》，跟她们一起逃走。

另一边，由菲奥娜率领的小队执行任务的过程则轻松得多，她们来到校务办公室后，杜鹃便用发卡轻易开了锁，她们顺利进入办公室，开始寻找汪老师的履历表，希望查清楚他的背景身份，到底有没有专业教学资格。

办公室里的文件摆放得井井有条，她们很快就找到摆放老师们履历表的柜子，依照初一美术班的索引去找，终于找到写着"汪美林"名字的资料文件了。

她们迫不及待地打开一看，都不约而同地惊讶得张大了嘴巴，呆在当场。

此时，夏梦她们也奔跑而至，看见菲奥娜她们瞠目结舌的样子，连忙好奇地问："怎么样？怎么样？他的学历是不是很低？有没有资格教我们美术班啊？"

杜鹃严肃地说："他的学历相当高。"

于婷婷补充道："做我们班主任绝对绰绰有余。"

但她们仍然保持着惊呆的表情，菲奥娜说："只不过……"

"只不过什么？"夏梦按捺不住了，跑过去看。

结果她们六个人都对着汪美林老师的履历表发呆，因为履历表上性别一栏注明是"女"，而照片显示的更是一个长发的靓丽美女，明显跟这几天一直训练她们的那个男生不是同一个人！

"怎么会这样？"夏梦惊呆地问。

"这几天我们天天对着的那个所谓的汪老师到底是谁？"菲奥娜惊慌得说话都有点儿颤抖。

夏梦突然记起了什么，"对了，我们在他的房间里找到这本书。"

"《养猪手册》？"大家都感到莫名其妙。

她们翻开《养猪手册》看了一下，更加震惊，因为书中教导如何让猪的肉质变得更鲜嫩，方法包括让猪多做运动、听古典音乐、定时进食和充足睡眠等，正是这几天她们被逼做的事。

"他把我们当猪来养？"

何欣月突然想到了什么，"对了，入学那天我看过一则新闻，说附近医院有一名精神病患逃了出来，尚未寻回……"

这时候，那个冒充汪老师的男生拿着鞭子经过，看到校务办公室有灯光，便大喊："哎，是谁？谁在里面？"

她们听到这个声音，立马被吓得鸡飞狗跳。

"哇！他来了！"

"他要把我们当猪来宰啊！"

六名少女慌忙走出房间逃跑。

"你们干吗？别跑啊！"那男的拿着鞭子追去。

女生们拼命逃跑，慌不择路，她们经过体育室，便拿篮球、排球、足球等体育用品倒向后方；穿过图书馆，便推倒一个个书柜做障碍。她们沿途经过的地方都像被龙卷风扫过一样，凌乱一片。可是由于她们没有很好地策划逃走路线，只是有路就跑，很快就发现自己已经逃到尽头，无路可走了。

那个男的快追过来了，她们前面已经无路可走，感到绝望之际，却发现原来前面是一个小房间，而且里面透出微弱的灯光。

"里面好像有人啊！"

她们如见救星一样，马上推门进去，然后把门关上。定过神来之后，往前一看，发现里面果然有一个人，一个长发的背影。

"你好，我们是……"夏梦战战兢兢地开口。

那人慢慢转过头来，大家都惊讶地叫了出来："汪美林老师？"

但见此人手上拿着一把染红了的刀，露出怪异的笑容。

六位女生吓得尖叫起来："哇！"

5

女生们的尖叫声划破了宁静的夜空。

眼前这个原装正版的汪美林老师就在夏梦她们慌张尖叫的时候手起刀落，"啪啪啪"地砍了几刀，砍成十块八块。

"你们每人拿一块吃吧。"汪美林语出惊人。

夏梦她们都惊呆了，再看清楚，发现原来汪美林老师刚才只是砍西瓜而已。

"我喜欢吃西瓜啊！"夏梦一反迟钝的性格，第一个去拿西瓜，而且拿了最大的一块，迫不及待地大吃起来。

"清凉消暑啊！"夏梦吃得津津有味。

其他人也不怠慢，陆续拿了西瓜吃，先把身上的劳累闷热一扫而空再说。

但这时候外面传来那个假汪老师的叫喊声："哎！你们干吗见到我就跑？刚才是不是你们在喊救命啊？"

大家听到那个男生的声音，马上惊慌地躲在汪老师的身后，何欣月更拿起刚才切西瓜的刀做武器，严阵以待。

"老师，就是这个变态男，这几天一直在冒充你折磨我们。"夏梦向老师报告。

汪老师还未及回应，那个男生已经拿着教鞭闯了进来。

"哇！别过来啊！"何欣月像疯子一样挥舞着西瓜刀恫吓他。

那男生看到她们跟汪老师在一起便失望地说："游戏要完结了吗？"

汪老师点点头。

"游戏？"女生们都一脸茫然地看着汪老师。

"真的是玩新生吗？"于婷婷说。

夏梦气愤不已："原来真的是玩新生！连老师都玩新生，太过分了，还有什么资格当老师啊！"

大家都很惊讶夏梦敢在老师面前说这样的话，虽然感同身受，大家却敢怒不敢言，除了杜鹃。

杜鹃不屑地说了一句："老师真无聊。"

汪老师没有发怒，她不温不火地说："我有礼物要送给你们。"

汪老师带她们走到房间深处，原来这是间画室，放着六个画架，而画架上正在画的竟然就是她们六个！

"你在画我们？"大家都很惊讶。

汪老师娓娓道来："这个入学前的新生特训营，的确是我策划的，目的是希望大家做好开学的准备。但开学的准备到底是什么，你们知道吗？"

何欣月抢着回答："我知道！买文具，买画具，还要准备足够的衣服和日用品，因为这里是寄宿学校。"

汪老师无视何欣月，向其他人问："有没有其他人知道？"

于婷婷微笑作答："老师想锻炼我们的观察力、记忆力、智力、体能，还有跟美术息息相关的各种修为。"

"不！"汪老师斩钉截铁地说，"你们要做好准备的，是这个！"

汪老师从旁边拿来六份画稿，分别给了她们六个人。

"艺术是个性的表现。你们选择了艺术这条路，首先要做的就是认识自己。"汪老师解释道，"所以我故意制造不同的难题给你们，看你们的态度和反应。"

她们一看，一张张画稿原来都是她们在训练营里展现过的表情和动作。例如，菲奥娜得知夏梦也考进艺林附中时表现出来的嚣张、轻蔑的神情；于婷婷在课堂上展现出来的自信眼神；杜鹃对一切事物都抱着漠不关心的态度；何欣月时刻都做出搞笑又热情的举动；卢静雅总是不温不火，亲切有礼，三番四次调解女生们之间的纷争；至于夏梦，她奋力推校门时的表情，在课堂上跟老师争辩的画面，都展现出她直率、不服输、不轻言放弃的性格。

于婷婷看画稿看得入神，有点儿难以置信地问："这些画都是老师你画的吗？"

何欣月也接着问："老师，你是怎样做到的？"

"我每天都潜伏在不同的地方，观察你们的表情和举动，牢牢记住，然后晚上回到画室，凭记忆画出来。"

学生们都流露出敬佩的眼神。

"好厉害啊，每天潜伏在我们身边，我们竟没有察觉到。"卢静雅感到惊讶。

"看来老师在军队大院长大是真的。"何欣月瞪大眼睛说。

汪老师微笑地点了点头。

菲奥娜也赞叹："单凭记忆画出我们六个的表情动作，而且画得栩栩如生，真的太夸张了。"

"这画功……好厉害。"于婷婷仍然看得很入神。

夏梦却突然想起了什么，紧张地问："老师，宿舍里那些大小不一的古怪床位也是你刻意安排的吧？"

"对，那是故意挑起你们的冲突，看你们会有什么反应。到正式开学的时候就会换回统一的上下铺。"

"太好了！"夏梦兴奋地抱着汪老师，"我还以为自己以后都要睡那张帆布床呢。"

"这些画就是我送给你们的入学礼物，希望你们能通过这些画去认识自己，你们也可以互相交换来看，彼此加深了解。"汪老师作总结，"如果你们对我安排的这个训练营有任何不满，不希望我当你们的班主任的话，你们可以向校长投诉。因为我向校长保证过，只要有一名学生投诉这个训练营，我就辞职。"

大家都鸦雀无声，虽然觉得被捉弄有点儿不忿，但看到老师画的画，实在画得惟妙惟肖，很有意思，她们都希望跟随汪美林老师学习。

"那他呢？他到底是谁？"夏梦把矛头指向那个假扮汪老师的男生。

汪老师回道："他叫李铮，跟你们一样是今年美术班的新生，是你们的同学。"

李铮撕下了假胡子，露出真面目，果然非常年轻，只是身材比同龄的男生高大，又贴上了假胡子，所以才骗过了她们。

"为什么他不用接受训练，还可以假扮老师来折磨我们？"夏梦不忿地问。

"因为我太聪明了，哈哈。"李铮洋洋得意地说，"入学那天，老师在暗角里鬼鬼祟祟的，结果被我发现了。哈哈。"

"他威胁我要让他加入，他要扮老师，不然就会揭穿我的计划。"汪老师说得很无奈。

李铮却仍然得意地笑："哈哈哈。"

汪老师拿出一沓画稿给李铮，原来她也把李铮的表情动作画下来了，其中一幅是当日李铮发现汪老师时的狡猾表情，一幅是他躲在房间里玩网游看小说，还有一幅是他拿着《养猪手册》边读边大笑的情景。

李铮看了这些画才知道自己的表情原来是那么欠揍。

夏梦拿出那本《养猪手册》质问李铮："这本书是你的吗？"

"是啊，因为我不懂怎么训练你们，后来看着你们觉得有点儿像猪，便想到参考《养猪手册》了。哈哈哈。"李铮又大笑起来。

可是六位女生不是跟他开玩笑的，她们都目露凶光盯着李铮，慢慢逼近。

李铮开始有点儿害怕了，"你们想怎么样？老师在啊，你们不能乱来的！"

"咳咳！"汪老师清了一下喉咙说，"我对你们的纪律要求是非常严格的，如果让我看到你们伤害同学，必定重罚。"

李铮一脸得意之色："哈哈，听到了没有？"

突然"啪"地关门，吓了李铮一跳；原来汪老师离开了教室，并把门关上了。

女生们马上露出奸险的笑容，向李铮逼近。

李铮大感不妙，喊叫："老师，回来啊！你不能这样！"

"看来老师也想我们好好教训你一下呢！"夏梦对着李铮摩拳擦掌。

"哇！救命呀！好暴力的女生呀！"

"截住他！"

"竟敢把我们当猪！"

房间里传出惨叫声、欢笑声、追逐声，持续了一整夜。

第三章

Baohua Duo Duo,
Wo Shi Yishousheng

新生才艺秀

学校的饭堂里，现在虽然不是用餐时间，却也坐着不少人，他们都是还未找到搭档的新生，聚集在这里希望互相配对，感觉颇有些像相亲现场。

1

朝气蓬勃的星期一，上午八点半。

艺林附中终于正式开学了，学生们鱼贯进入学校。

校内设了两个摊位，一个是美术班，一个是音乐班，为新同学办理入学手续。

此时，一个背着红色包，看上去稚嫩，貌似新生的男生步入学校。暗角处两名像特工般埋伏着的女生马上做出分析评估。

"红色包那个，山寨小沈阳，一米六左右。"

"不到一百斤，不帅。音乐班。"

"美术班。"

"音乐班。"

结果山寨小沈阳走到美术班的摊位前。

"哈！我猜中了！"暗角处的夏梦欢呼起来，并从一包薯片里拿了一片薯片来吃。

原来夏梦和何欣月正在玩游戏，猜每一名进校的新生属于哪个班，猜对了就可以吃一片薯片。

"又是你猜对！"何欣月看着夏梦吃薯片，深感不忿。

马上又有一个扎了一双辫子的女生步入学校了，何欣月马上分析："可爱小甜甜，一米五五左右。"

"清纯可爱，美术班。"夏梦凭直觉猜测。

"音乐班。"

"美术班。"

这次何欣月猜对了，是音乐班。那个可爱的女生走到音乐班的摊位前，何欣月急不可耐地伸手抓了一大把薯片塞进嘴里，像只几天没吃东西的野兽一样。

"喂！说好了每次吃一片的！"夏梦制止。

"我饿了。"何欣月挤出一个很萌很可怜的表情。

"别用这表情看着我，我想吐。"夏梦受不了何欣月卖萌的表情。

"想吐？肠胃不舒服吗？那我帮你吃了！"何欣月把整包薯片抢过来。

就在她们为了一包薯片争执不下之际，突然被一个男生吸引了注意力，立时双目发光，呆在当场。

何欣月首先做出评估："一米七五，身材适中，唇红齿白，俊朗不凡。"

夏梦也紧接着说："眉清目秀，温文尔雅，风度翩翩，一表人才。美术班。"

"美术班。"

她们已经不是猜测了，而是把自己心中的愿望情不自禁地说出来，像啦啦队打气一样，"美术班！美术班！"

"音乐班！"不知从哪里来的声音像一盆冷水浇到她们头上。

而那个眉清目秀、俊朗不凡的男生亦确实走到音乐班的摊位去了。

夏梦和何欣月愿望落空，当场目瞪口呆。

"哈哈，都说是音乐班。"李铮拿了她们的薯片，大吃起来。

原来刚才说"音乐班"的就是他，夏梦和何欣月转过头来，向他投以杀人的目光。

"都是你不好！他真的去音乐班了！"夏梦迁怒于李铮。

"他本来就是音乐班的好不好，跟我有什么关系？"李铮理直气壮地说，"难道我说你是猪，你就真的会变成猪吗？"

"就算不变猪，说得多也会变蠢呀！"何欣月本来是想帮夏梦一起炮轰李铮的，但这句话似乎说得不太恰当。

李铮更忍不住笑了出来："哈，变得像猪那么蠢吗？"

夏梦气不打一处来，伸手去抢薯片，"是我们的，不准吃！"

李铮身手还算不错，总是能避开夏梦的手，"不是猜对了就可以吃薯片吗？我猜对了啊！"

何欣月又帮忙还击："谁跟你玩这么无聊愚蠢的游戏呀！"

夏梦开始明白什么叫猪一样的队友了。

夏梦抢不过李铮，突然转过身，背对着他。

李铮莫名其妙地问："怎么了？生气了吗？我不会哄你的，哄女生好恶心。"

其实夏梦正悄悄地从口袋里取出画笔，以迅雷不及掩耳的速度转身在李铮脸上画了一头猪。

"哇！你画了什么？"李铮摸着脸问。

"猪。"夏梦一脸得瑟。

"你可以打我，可以骂我，但不可以画花我的俊脸啊！"李铮严正声明。

但夏梦和何欣月不理他，掉头走了。

"让开，让开！"此时几个男生正簇拥着一名女生，帮她拿东西，为她开路。

这个女生长得非常漂亮而且气质超凡，一米六五左右的身高，身材极苗条，有着瀑布般的秀发，肌肤洁白如玉，样子清秀脱俗，感觉各方面都比于婷婷更胜一筹。如果于婷婷是大美人，那她就是完美无瑕的女神了。

"真的不用了，谢谢。我自己拿就可以。"女神还展现出很好的修养。

"上天真是不公平啊，你看后面的女生。"何欣月对夏梦说。

这边有女神被一众男生簇拥着大献殷勤，那边却有一个女生拖着沉重的行李而没有人帮忙。

夏梦看到了，惊喜地大叫："舒琴！"

夏梦跑过去拉着舒琴的双手，兴奋地蹦跳着说："舒琴！你来了！"

"是啊，小梦，听说你们美术班有个令人难忘的训练营。是吗？"

"唉，简直吓破胆了，迟些有空再慢慢跟你说。"

这时何欣月也跑过来了，夏梦马上为二人介绍："这是我最好的朋友舒琴，是音乐班的。她是我美术班的同学何欣月。"

夏梦话还没说完，何欣月和舒琴就已经热情地拥抱起来。

"你好啊，以后我们一起玩吧！"

"好啊好啊！"

夏梦对她们的一见如故感到惊讶，但令夏梦更诧异的是她看见一个熟悉的身影。

"魔怪！你也考进艺林附中了？"夏梦难以置信地说。

只见莫乖什么都没带，孑然一身来到学校，用不屑的眼神看着夏梦她们。

"有什么好大惊小怪的？难道你不知道我是音乐才子吗？"

夏梦、舒琴和何欣月都吐了一地。

莫乖却一脸不在乎，突然伸手从夏梦口袋里拿了一支笔就走了，"我忘了带笔，借我一支。"

"什么都不带就来上学，这个怪人是你们的朋友吗？"何欣月好奇地问。

夏梦和舒琴都不想承认。

一阵古典音乐响起，学生们匆匆赶到教室上课。原来艺林附中每天都换不同的古典交响乐作为上下课的钟声，果然是艺校的附中，各方面都展现着艺术气息。

一进入教室，大家都赶忙挑选理想的座位。

菲奥娜深知近朱者赤、近墨者黑的道理，而且美术班里她只看得起于婷婷一个，所以第一时间就拉着于婷婷成了同桌。

杜鹃二话不说就独自坐到后排的角落里，不想跟别人交流。

夏梦本来与何欣月、卢静雅一块坐的，可是当看见李铮进入教室的时候，夏梦立刻跑到李铮的邻座坐下来。

当然不是因为李铮长得帅，而是因为那头猪仍然在李铮的脸上。

"你为什么还不洗掉脸上的猪？"夏梦紧张地问。

"你没有看过侦探片吗？犯案现场的证据是不能随便碰的。等下老师问我脸上为什么有头猪时，我就说被同学欺凌，好可怜，好委屈，呜……"李铮说着还装哭。

"快洗掉它！这墨水很好洗的，用水冲一下就行！"

"不洗！"李铮故意赌气。

老师快要来了，夏梦十分着急，立马从书包里拿出湿纸巾，强行把李铮脸上的猪图案抹掉。

"擦掉它！"

"不！"

李铮一副嬉戏的态度闪躲着，夏梦一只手用力抓着李铮的下巴，另一只手拼命擦拭李铮的脸。

此时，班主任汪美林刚好进来，看见夏梦为李铮抹脸的动作，有点儿不堪入目，"咳咳……"

夏梦看见老师进来了，马上手忙脚乱地坐好，偷偷瞄了一下李铮的脸，确定猪的图案已经擦掉，才安下心来。

学生们向老师敬过礼之后，老师便开始自我介绍。对于夏梦、菲奥娜等几名参与过训练营的学生来说，这些介绍他们已经听过了。汪美林只有二十三岁，第一次当班主任，自小在军队大院长大，很重视纪律，等等。

但今天汪老师特别强调一点："学校是严禁学生谈恋爱的，一旦发现必定严肃处理。大家要切记。"

汪老师说这话的时候还特意瞄了夏梦和李铮一眼。

噢，老师误会了，可是夏梦又难以向老师解释，总不能说她在同学脸上画了一头猪吧？

但李铮故意装出一本正经的模样回应老师："老师，我知道了。"

夏梦趁老师没有察觉的时候，马上给李铮一记手肘重击。

"你们的座位就按现在这样定吧。"老师接着说。

"不是吧？"夏梦几乎叫了出来。一重接一重的打击令夏梦快要崩溃了，她本来要跟何欣月和卢静雅坐在一起的，如今却换来跟李铮同桌。如果好的开始就是成功的一半，那么夏梦的中学生涯已经输了一大半。

第一天的课堂也没什么，主要是介绍一下课程、老师的要求、主要的校规，等等。课堂临结束的时候，汪老师向大家宣布一个好消息：

"按照艺林附中的传统，开学一个月后会在艺术楼举行新生才艺秀，届时所有新生必须以两个人一组参与表演，目的是让大家更快更好地互相了解，融入校园生活，并在舞台上展露你们的才艺。"

读艺林附中的都是表演欲很强的学生，他们听到有表演的机会，都兴奋莫名。

下课的铃声响起了，菲奥娜问老师："老师，我们表演的搭档必须是美术班的吗？"

"这个没有限制，只要是新生就可以了，你们可以跨班找搭档。"

老师这句话一说完，班上一大半学生就像风一般跑出教室了。

2

小鸟一只接一只飞到树枝上，把艺林附中百米范围内的所有大树都挤满，它们并排一起摇头晃脑，浸淫在美妙悠扬的乐曲之中。

轻快的节奏，清新活泼的旋律，从音乐班的形体练功房传出。

这是一支钢琴独奏，十根灵巧敏捷的手指在琴键上欢腾飞舞，奏出一个个愉快欢欣的音符，跑到四面八方，似要赶着传递什么重要的信息。

校内的新生们都听得着迷了，双脚不由自主地跟着音符跑，心情开朗，欢欣雀跃，每个人都挂着笑容。

一个个音符就像向导一样，带着他们来到形体练功房。房里有一男一女正在练习钢琴和舞蹈，虽说是练习，但感觉却比专业演出更震撼。

大家都挤在门外屏息静气地观赏着房间里面的精彩表演，不敢作声，不敢乱动，生怕会打扰这神的杰作。

夏梦和李铮也赶过来了，原来正在弹琴跳舞的这对男女就是今天入学时李铮猜对是音乐班的帅哥和那个被男生们簇拥着的女神。

夏梦从旁人的喁喁细语中得知弹琴的男生叫卢斌，家境不俗，有贵族气质，是个音乐天才，精通各种乐器，七岁便开始公开表演，获奖无数。而跳舞的女生则是艺林附中校长冰瑾坤的女儿冰蓝纱，天资聪颖，人又漂亮，从小得到父亲的悉心栽培，被誉为音乐女神。

卢斌带着笑容半眯着眼全情投入地弹奏着钢琴，大家的身体都不由自主地被那活泼轻快的音乐带动着摇摇摆摆。

体态优美的冰蓝纱伴着琴声绕着钢琴翩翩起舞，虽然是音乐班学生，但舞蹈造诣超群，她的舞蹈与卢斌的音乐结合得天衣无缝、完美无瑕，如梦如幻的场景让人看得如痴如醉。

于婷婷也驻足观看着冰蓝纱的舞蹈，不过眼神却带有几分敌意，她似乎视冰蓝纱为假想敌。

听到人人都在称赞冰蓝纱，于婷婷心里不是味儿，不屑地转身走了。

至于嚣张蛮横的菲奥娜却一反常态，竟然不发一言静静地看着表演，不过她的焦点却只集中在卢斌身上。

"如果可以跟他搭档表演就好了。"其实每个女生心里都说着同一句话，包括夏梦。

男生们想跟冰蓝纱搭档，女生们想跟卢斌合作表演，这似乎都是理所当然的事。可是夏梦能跟卢斌合作表演什么呢？卢斌弹琴，她画画吗？

夏梦思考着这个艰深问题的时候，音乐不知不觉间停下来，乐曲奏毕了，舞蹈也跳完了。

卢斌和冰蓝纱回头看见门口挤满了人，竟然像司空见惯一样没有丝毫惊讶之情，果然有大将之风。

"这首《开学颂》是我特意为了今天开学而创作的。"卢斌说话彬彬有礼而又不失傲气，向同学们介绍自己刚才弹奏的作品。

大家除了"哇"之外也没有别的反应。

"请你与我组队参加新生才艺秀吧。"夏梦还来不及说出这句话就已经被一群女生抢先说了。

夏梦还来不及踏出脚步就已经被同一群女生从后跑上来踏扁在地上了。

夏梦好不容易才爬起来，马上又被一群男生从后面跑上来踏扁，"冰蓝纱同学，我们组队吧。"

夏梦随手抓着一个人的裤子爬起来。

"喂，不要拉住我的裤子，我要过去啊。"李铮说。

夏梦终于爬起来了，瞄了李铮一眼，冷笑一声："哈，你不是想邀请冰蓝纱跟你组队吧？人家可是女神啊。"

"再不过去就没机会了。"李铮撇下夏梦，跑了过去。

"好吧，我就看你怎么被人拒绝。"夏梦笑着等看好戏。

但夏梦一看,马上傻了眼,因为李铮竟然不是走向冰蓝纱,而是跟其他女生一样拥去卢斌那边。

只见李铮千辛万苦地挤进人群里去找卢斌,不久又狼狈地被人群挤出来。

李铮面无表情,回到夏梦面前说:"菜包头,我看也没有人愿意找你组队了,我就勉为其难地做你的搭档吧。"

夏梦气炸了肺,"你被人拒绝了就来找我组队,还反过来说我找不到搭档,你这个人真无耻啊!"

"谁说我被拒绝了?"李铮反应很大,"你误会了。刚才我是主动去拒绝卢斌,劝他跟冰蓝纱组队,因为他们两个才是舞台上的绝配。"

夏梦已经不想理他了,转身就走。

"哎,你去哪儿?"李铮问。

夏梦自信地说:"我也有我的绝配。"

夏梦口中的绝配当然就是舒琴。

可是夏梦去找舒琴组队时,却被五个字吓倒了。

"重金属摇滚?"夏梦弱弱地问。

"是呀!我想表演这个很久了,难得原来魔怪会打鼓!"舒琴表现得很雀跃。

这里是音乐班的隔音室,舒琴抱着一把电吉他,而莫乖则坐在架子鼓后面,最令夏梦无语的是他们二人都是一身重金属摇滚风的装束。

"我们的装束好看吗?"舒琴问。

"嗯。"夏梦回答得十分牵强。

这时候莫乖正虎视眈眈地看着放在旁边的一个便当,垂涎三尺。

"不练好不准吃!"舒琴说着把便当收起,然后对夏梦说,"小梦,我们一起练习吧!"

夏梦还未回应,舒琴就已经弹起电吉他了,莫乖也马上打鼓。激昂刺耳的音乐令夏梦窒息。

舒琴开始投入地唱，或者应该说喊叫："愤怒的小鸟！愤怒的小熊！愤怒的小龟！愤怒的小孩！愤怒的小小姐……"

夏梦本来就已经五音不全，这种歌曲更是完全不会唱，她不想阻碍舒琴，只好悄悄地溜走了，还是另找搭档吧。

为了那个新生才艺秀，不少学生仍在努力找搭档。

"法式蒜蓉包、法式海鲜汤、法国蜗牛、法式煎鱼、法式薯条、法式甜品。"

菲奥娜边说边打开一道道法国菜式，这天她要请李铮吃法国大餐……的外卖，在学校的食堂里。

"随便吃吧。"菲奥娜努力挤出一个友善的笑容。

"午饭吃这个也太隆重了吧？这家餐厅的东西很贵的。"李铮流着口水说。

"一般般吧，反正我是这家餐厅的VIP（贵宾）。"菲奥娜又流露出不可一世的态度。

菲奥娜请李铮吃饭，是因为上次她邀请卢斌组队被拒绝了，她深深不忿，决定像卢斌和冰蓝纱那样，组一个金童玉女的组合，把他们比下去。虽然不想承认，但美术班里最帅的是李铮。

"关于那个新生才艺秀，你对找搭档有什么想法？"菲奥娜试探着问。

"表演，最注重视觉效果，所以必须找个靓丽的搭档。"李铮一边大吃大喝一边说。

"说得对。还有呢？"菲奥娜觉得李铮在说她。

"还有……才艺秀，当然要找个才艺出众的。"

"嗯嗯嗯，所以你……"菲奥娜等着李铮开口邀请她组队。

李铮当然看得出菲奥娜的意图，但为了吃完这顿法国大餐，他只好支吾以对地拖延时间，等他极速吃完了才说："所以我觉得你应该找于婷婷组队。"

菲奥娜呆住了，忍不住问："那你呢？"

"我……我已经跟夏梦搭档了。谢谢你的法国大餐。"李铮知道此地不宜久留，所以匆匆离开了。

"李铮！小心吃了蜗牛会长蜗牛角呀！而且是长在屁股上！"菲奥娜忍不住咒骂。

课堂上，大家都窃窃私语讨论着于婷婷会跟谁搭档。菲奥娜心里冷笑，认为除了自己之外，班里也没有其他人有资格跟于婷婷搭档了。

课堂完结，老师离开教室，菲奥娜正想着要向于婷婷开口时，怎料班里一个其貌不扬的胖子不理别人的嘲笑，勇敢地走到于婷婷面前。

"于婷婷同学，我们可以合作表演吗？"

大家都马上想嘲笑他，但令人震惊的是于婷婷的答案："好吧。"

于婷婷竟然愿意跟他搭档。

菲奥娜崩溃了，她慢了一步开口，就被这个胖子捷足先登，现在她不知道该找谁来组队了。

同学们陆续向班主任递交名单。

杜鹃提出独自表演沙画，但遭到反对，汪老师坚持要她跟别人合作，否则不准表演。

此时卢静雅和何欣月刚巧也来交名单，卢静雅看见杜鹃的情况，十分同情，而且沙画也是卢静雅的强项，她很想帮杜鹃。

何欣月看得出卢静雅的心思，便问："静雅，你是不是想跟杜鹃合演沙画？"

卢静雅没有直接回答，只是说："我已经跟你搭档了。"

"没关系的，我也很想看看你们双人沙画表演，你就去帮杜鹃吧，我可以找其他人组队。"何欣月也不希望杜鹃因为找不到搭档而不能表演。

但那边厢杜鹃依然一副满不在乎的态度，向老师坚称自己找不到搭档，无能为力。

怎料突然传来一个声音："我做你的搭档吧。"

杜鹃诧异地回头一看，是卢静雅。

汪老师马上得意地笑："现在你有搭档啦，期待你们的演出。"

杜鹃不但没有感谢卢静雅，还觉得卢静雅有点儿多管闲事。

自愿退出的何欣月，马上去找夏梦，看夏梦组队了没有。

菲奥娜吸取教训，这次要快速截击了。她捧着一卷卷画稿，匆匆忙忙地跑过去，故意撞到何欣月，更故意把画稿散落一地。

何欣月连忙蹲下来帮她收拾画稿，顿时傻了眼，因为每一张都是很漂亮的时装设计图。

"好漂亮啊！"

菲奥娜趁机说："都是我设计来参加才艺秀的。"

"你打算表演走秀？"何欣月双眼发光，雀跃地问。

"是啊，可惜我这几天忙着画设计图，都没有空找搭档。"

结果，一切尽在菲奥娜的预料之中，何欣月跟菲奥娜组队了。眼界高的菲奥娜竟然愿意跟何欣月组队，实在令人有点儿惊讶，不过其实她心里是另有盘算的。

学校的食堂里，现在虽然不是用餐时间，却也坐着不少人，他们都是还未找到搭档的新生，聚集在这里希望互相配对，感觉颇有些像相亲现场。

没想到夏梦也要沦落到坐在这里找搭档，眼看着别桌的人都纷纷配对成功找到搭档，偏偏夏梦坐了大半天也无人问津，她终于忍不住站起来大声喊叫："喂！你们看不见我吗？为什么没有人要跟我组队？"

大家都停下来看着夏梦，呆呆地说："你不是已经跟李铮组队了吗？"

"谁说的？"夏梦气愤地问。

但不用等大家回答，夏梦很快就想到了。

"李铮！"

3

"李铮在哪里？"夏梦怒气冲冲地问。

同学甲指着二楼。

夏梦走到二楼，"李铮在哪里？"

同学乙指着第三间课室。

夏梦要找李铮算账，沿途问了几名同学，终于在二楼的活动室找到了李铮。

夏梦推开门，只见李铮正拿着颜料盘为一个柜子画图案。

"李铮！"夏梦大发雷霆，"你为什么到处说我已经跟你组队！"

李铮看到满腔怒火的夏梦，顿时大惊失色，赶快丢下画笔和颜料盘，躲进柜子里。

"出来！"夏梦冲进活动室，用力打开柜子的门。

怎料柜子里面竟然空空如也，夏梦十分愕然，探头进去把每个角落都看清楚，确实是什么都没有。

夏梦听到背后传来开门的声音，回头一看，李铮竟然从另一个柜子里走了出来，夏梦更是惊呆了。

"你是怎么做到的？"

李铮笑而不答，一副自鸣得意的样子。

夏梦恨不得教训一下李铮，看到地上的颜料盘，便想到用颜料涂李铮的脸。

可是夏梦伸手去拿颜料盘时，颜料盘竟然向后移了一步。

夏梦十分惊讶，尝试再伸手去拿，但颜料盘每次都向后移，不让夏梦拿到。

夏梦望向李铮，只见他双手像施展魔法一样，颜料盘随着他的动作逐步移近，最后移到脚前，他弯腰把颜料盘捡起来。

"厉害吧，是不是很想学？"李铮一脸神气。

夏梦心里明明很想学，但嘴上说："不想！"

夏梦说罢从自己的口袋里掏出画笔。

这招李铮领教过了，他可不想脸上出现一头猪或者一只乌龟之类的，所以连忙又躲进柜子里。

夏梦打开柜子的门，李铮果然不在里面，但夏梦这次也学聪明了，她去打开另一个柜子。

没想到另一个柜子里也看不到李铮，两个柜子都是空的。

夏梦百思不解，房间里就只有这两个柜子，李铮到底去了哪儿呢？

夏梦忽然想到办法，她模仿李铮的动作钻进柜子里，关上门，看看会有什么结果。

结果就是李铮突然从对面的柜子里跑出来，把夏梦所在的柜子锁上了。

夏梦不停拍门大叫："开门呀！放我出来呀！"

李铮大笑："哈哈哈，各位观众，箱子转转转。"

柜子的底部有滚轮，李铮一边转动着柜子，一边说："我打算在才艺秀上表演魔术，你做我的搭档吧。"

转了几圈之后，停下来，李铮把柜子上的一扇小窗打开，刚好露出夏梦的头，夏梦晕头转向地说："为什么……要找我？"

"你没看过魔术表演吗？魔术师身边总要有一名美女助手带动气氛。"

夏梦听得心里乐滋滋的，正想答应的时候，李铮却接着说："美女找不到了，所以唯有找个笨笨的女助手来带动气氛。综观全校，最适合的人选就是你了。"

夏梦马上拒绝："你找错人了！"

李铮拿起颜料盘和画笔，向夏梦露出阴险的笑容。

"你想怎么样？"夏梦有种不祥的预感。

"上次你在我脸上画了一头猪,现在我在你脸上画什么好呢……"李铮贼笑着。

"哇!救命呀!有没有人呀?"夏梦呼救,但没有回应。

李铮用画笔在黑色的颜料上点蘸着。

"喂!你非要用黑色吗?你到底想画什么?"夏梦抗议。

"那换种颜色吧。"

李铮把蘸了黑色颜料的画笔移到黄色颜料里搅拌着,结果混合成像便便一样的颜色。

夏梦想吐:"好恶心啊!你是故意的!"

李铮提起画笔,慢慢移向夏梦的脸。

"不要啊!不要过来!不要画我的脸!"夏梦紧张地大叫。

"放心吧,我画便便很有一手的,可谓栩栩如生。"李铮说着忍不住笑道。

"便便?"夏梦浑身发麻。

画笔快要碰到夏梦的脸了,夏梦绝对不容许自己的脸上出现便便图案,在最后一刻及时大叫:"好吧!我跟你组队,表演魔术应该也挺好玩的。"

李铮本来应该高兴的,但他却呆呆地看着夏梦,像看到什么吓人的事。

原来李铮已经不小心把颜料点到夏梦的脸上,只是夏梦刚才闭眼大叫没有感觉到。

"什么事?"夏梦莫名其妙地问。

李铮看着夏梦脸上的泥黄色颜料,假装没事,"没……没什么。"

夏梦就这样落实和李铮组队表演魔术。

同学们都找到搭档了,接下来就是加紧练习,希望能在新生才艺秀上尽放光芒。

卢斌和冰蓝纱每次练习都会引来大批的同学围观。为了保持表演的神秘感，卢斌把练功房的玻璃窗都用布遮蔽了，不让别人看到他们的练习内容。可是门外依然聚了不少人，偷听房内传出来的悦耳琴声。后来卢斌改为弹电钢琴，并且与冰蓝纱都戴上无线耳机。房外的人完全看不到听不见，终于放弃不再来了，只好等到正式表演时再观看。

于婷婷练习的内容也十分神秘，她天天带着那个胖子去练习。不少人好奇地问胖子练习什么表演什么，但无论怎样软硬兼施，旁敲侧击，胖子就是不肯透露半句，因为他答应过于婷婷，必须守口如瓶。

菲奥娜与何欣月这对出人意料的组合，每天都非常努力地东奔西跑，找适合的布匹，找经验丰富的裁缝，按照菲奥娜所画的设计图，制作出了一件件华美的服饰。可是制作出来之后何欣月才发现每一件的尺码都不适合自己，何欣月很着急，菲奥娜安慰她说会为她再量身定做几件漂亮的。

舒琴和莫乖的练习过程也算顺利，莫乖是一个只要请他吃便当就什么都愿意做的人。隔音房里一个又一个的便当层层叠叠堆积如山，说明了他们有多努力练习。

最为演出担心的人是卢静雅，她很想跟杜鹃一起练习沙画，可是杜鹃从不理会她。所以卢静雅至今还不知道杜鹃将会演出什么主题，亦无从准备，无从练习，十分迷惘。

至于夏梦，这些日子她跟李铮学了不少魔术，觉得很好玩。李铮经常在练习时用魔术捉弄夏梦，不过夏梦也不示弱，总是拿画笔在李铮的脸上身上乱画，还以颜色。每次菲奥娜看到他们两个一起练习时都会怒火中烧，她至今仍无法接受李铮竟然选择跟夏梦搭档而不跟她合作演出。

同学们都十分重视踏入中学后的第一次演出，经过一个月的努力练习，万众期待的新生才艺秀终于来临了。

4

今天是个隆重的日子，艺术楼里里外外热闹非常，挤得水泄不通。

"各位好，欢迎来到第三十二届艺林附中新生才艺秀。请以热烈的掌声欢迎几位重量级嘉宾……"西装笔挺的冰瑾坤校长在台上致辞。

艺林附中全体学生和教职员都盛装出席这场盛事，而且邀请了不少很有分量的嘉宾，包括副市长、各大艺校的代表、著名画家、音乐界名人、艺坛名宿等。

新生们都怀着紧张的心情在后台准备着，而高年级的学生则默默地坐在观众席上支持学弟学妹。

冰校长把尊贵的嘉宾们一一介绍过后，语重心长地感慨陈词："初中，是启发思想的求学时光；初中，是友情滋长的甜蜜时光；初中，是少年成长的重要时光；初中，是令人难忘的美好时光。今天，我们有一群充满活力的少年，他们刚步入初中这个重要的人生阶段，选择了走艺术这条路，他们要通过精彩的艺术表演向大家展现青春、活力、阳光、积极、正面、乐观、优美的一面。"

冰校长在一阵热烈的掌声中回到贵宾席。

才艺秀即将开始了，冰校长热心地向邻座的嘉宾做讲解和导赏。

"念艺术的学生一般都比较沉静、优雅，有气质。而才艺秀感觉就有点儿像文艺晚会……"冰校长向副市长介绍着。

此时，表演台的幕布慢慢打开，新生才艺秀要开始了。全场观众都突然发出"哇"的一声，冰校长连忙抬头一看，原来打头阵的是舒琴和莫乖，他们穿了一身重金属摇滚的皮革装束，虽然不至于在身上打孔穿环，但也戴了副很夸张、很鲜艳的假发。跟校长刚才说的"沉静、优雅，有气质"似乎有很大出入，冰校长一脸尴尬地对着各位嘉宾傻笑。

幕布完全打开了，舒琴用力指着台下声嘶力竭地吼叫："你会死！"

观众都几乎被她吓死，冰校长更是差点儿从座位上掉下来。

原来《你会死》就是舒琴和莫乖要表演的原创歌曲，一轮激烈刺耳的前奏音乐后，舒琴开始献唱：

"你会死！"

莫乖和声："死死死……"

舒琴："没有理想会死！"

莫乖和声："死死死……"

舒琴："没有拼劲等死！"

莫乖和声："死死死……"

冰校长立时听得瞠目结舌，每一个"死"字都击中他的死穴，令他想起刚才在台上说的青春、活力、阳光、正面、积极、乐观、优美，还有在台下说的沉静、优雅，有气质，才艺秀就像文艺晚会。

不过虽然歌词死来死去的，但细心去听，内容其实都很积极正面。

观众们很快就适应了这种音乐，更跟着节奏挥手。舒琴和莫乖成功带动了全场的气氛。

舒琴演出得非常投入，就连夏梦也没见过这样打扮和演唱的舒琴。但夏梦一点儿也不感到惊讶，因为她知道舒琴热爱音乐，而且乐于尝试各种不同风格的音乐，夏梦深信舒琴此刻一定感到非常痛快和满足。

"没有音乐会死！"

"死死死……"

"没有目标会死！"

"死死死……"

"若你不想早死、惨死、横死、猝死、闷死、即刻死……"

冰校长每听到一个死字都吞一下口水。

舒琴终于唱完最后一句："今天请做好自己！"

虽然大家都很喜欢这个表演，刚才更跟着音乐节奏手舞足蹈；但现在歌唱完了，全场却一片静默，谁都不敢欢呼，不敢鼓掌。校长和一众嘉宾更是呆在当场。

大家都在担心这个演出会不会令校长尴尬，校长怎样跟嘉宾们解释和交代。怎料冰校长想了一下，突然鼓掌赞好。他展现了校长应有的风范，他认为这个表演确实不错，主题意识和气氛都很好，而且有创意。他必须给予学生鼓励，不能为了应酬嘉宾而扼杀学生勇于尝试创新的精神。

看到校长鼓掌，大家马上热烈起哄，放心地欢呼鼓掌，为舒琴和莫乖欢呼，也为校长欢呼。

舒琴看到自己演出如此成功，回到后台立刻抱着夏梦庆祝，夏梦也很替她高兴，大赞她的表演很精彩。

经过热烈的开场表演后，接下来是极文静的演出，由杜鹃与卢静雅表演沙画。可是二人其实没有一起练习过，卢静雅不知道杜鹃会演绎什么主题，而杜鹃亦根本没有打算跟她合演。

场内的灯光调暗，悲愤的音乐响起，杜鹃的表演随即开始。她在灯箱平台上铺了一层沙，熟练地画了一个小女孩，然后又快速地勾画出一个高楼林立的城市背景，故意画得很繁荣而局促。接下来是乌云、雷电，小女孩被风吹、雨打。还有战争，一枚枚炮弹把高楼炸毁，小女孩站在残垣断壁之中，十分孤独悲惨。

大家都看得很伤感，但杜鹃演绎的悲剧只是刚开始。还有大火把一切烧成灰烬，洪水把小女孩卷走，杜鹃十指抓过，是地震留下的一道道深刻裂痕，一切都消失殆尽了。

这时，悲愤的音乐突然换成了轻快有活力的音乐，杜鹃十分愕然。

卢静雅走到台上，微笑着拍了一下杜鹃的手掌，故意做出像击掌接力的动作。她走到灯箱前面，以杜鹃留下的沙画最后图案做基础，接力画下去。

卢静雅先画了一个太阳，再洒了一些雨水，在地震裂缝中长出了很多幼苗，越长越高，成了大树。卢静雅挖出一条河流，河里有鱼，河边有白兔、小狗，天上有鸟。最后有一个小女孩在河里游泳而至，走到岸边，是之前杜鹃画的那个小女孩，在这片生机勃勃的草原上与众动物一起晒太阳。

真是一个温暖的表演，大家都以为这是杜鹃和卢静雅精心配合的演出，表达先苦后甜，从灾难逆境中怀着坚强斗志和信念，迎接美好明天的正面主题。他们却不知道，杜鹃其实是独立演出，而卢静雅更是即兴发挥，希望通过自己下半部分的演出，用乐观、积极、快乐来感染杜鹃和观众。

卢静雅向杜鹃微笑传达善意，杜鹃却不以为然。

在几组表演之后，大会司仪说："看了不少唱歌、跳舞、乐器演奏，大家想不想换换口味？"

观众们当然回答"想"。

"大家想看花生秀吗？"司仪鼓动气氛。

观众们听到"花生秀"三个字，立马疯狂大叫："想！"

司仪道："那有请我们美术班的同学菲奥娜和何欣月为大家走秀，主题是《美女与野兽》！"

菲奥娜身穿一袭白色长纱裙，像天使一般登场，充满自信地走秀。后面跟着的是何欣月，她穿上同是菲奥娜设计的虎纹睡衣，与天使服相映成趣。

原来菲奥娜找何欣月搭档，就是要让何欣月穿上奇装异服，衬托出菲奥娜的美。

何欣月感觉被骗了，她本来是看菲奥娜设计的时装很漂亮才跟菲奥娜搭档的。现在她不但没有机会穿那些漂亮的衣服，还被菲奥娜安排穿一些奇装异服，扮演野兽。

但何欣月对自己说不能沮丧，不能放弃，这是她中学生涯的第一场表演，必须努力去做，展示自己最好的一面。

何欣月穿的是虎纹睡衣，她便投入老虎这个主题，故意装作睡眼昏昏，走秀走得像一只睡梦中的老虎。但当她走到台边，配乐声渐大的时候，何欣月猛地睁开双眼，露出冷厉的眼神，走路也变得刚劲有力，充满老虎的气势。

台下观众本来只注意菲奥娜的华衣美服，但何欣月的个性演绎马上吸引了大家的注意力，观众欢呼雀跃。

菲奥娜和何欣月走到台后，极速换了另一套装束再走秀。菲奥娜这次穿上宫廷公主服，而何欣月则穿着像箭猪一样的怪衣。

何欣月没有因为衣服古怪被观众嘲笑而沮丧，反而竭力展现这箭猪服的特色，自信地向观众展示衣服上的刺针，摆出一副高傲、冷艳，生人勿近的态度。虽然何欣月的身形外貌都不算优秀，但她演绎得非常有个性，很有味道，观众都为她着迷，反而没有人留意菲奥娜了。

她们接着又换了几套服装走秀，只见何欣月越走越有自信，越走越有风格，全场观众都不停地向她欢呼。相反菲奥娜越走越生气，越走越没有自信，到表演完结的时候更不知所终，只剩下何欣月一个人向观众致谢。

菲奥娜哭着跑了，只顾往人少寂静的地方拼命钻，她要避开所有人的目光。

她经过后台的某个角落，看见夏梦和李铮正在检查着魔术柜子的机关，还一边彩排着一边开玩笑。菲奥娜看到就气愤了，若不是李铮拒绝和她搭档，她就不会跟何欣月合作表演，也就不会被何欣月抢尽风头。菲奥娜恨李铮，恨夏梦，要向他们报复。

5

新生才艺秀不知不觉来到最后三组的表演了，现在准备登场的是美术班的镇班之宝于婷婷和她的胖子搭档。

一开始，胖子先在舞台的地板上铺展了一张超大的宣纸。随后于婷婷登场，她穿着中国传统戏曲的水袖服，散发着中国古典美。

背景奏起一首典雅的中国乐曲，于婷婷踏上宣纸，跳起优美的中国舞。这样的表演一般都吃力不讨好，总让人觉得老土俗套，但于婷婷偏要向难度挑战，要令所有人刮目相看。结果她做到了，每一个舞步动作都经过她精心设计和改良，不但不觉得俗套，而且令人耳目一新。

单是这样的演出已经让人赞不绝口。不过，于婷婷的野心远不止于此。

这时胖子搬出一个床褥般大，饱含墨水的海绵，放在宣纸旁边。

于婷婷踩在海绵上，让自己的一双布鞋渗满墨水，然后在宣纸上跳跃、奔跑、旋转，用脚步画画。于婷婷的动作非常轻柔，因为稍有差池就会把宣纸弄破。之后于婷婷更用身体不同部位蘸上墨水，甚至整个人躺在海绵上，让全身衣服都渗满墨水。然后在宣纸上跳出优美的舞蹈，动作非常独特，或蹲或坐或跪或滚，以身体的不同部位作画笔。最后音乐完结，于婷婷整个人应声倒下来，动也不动地伏在宣纸上，吓了全场观众一跳。

于婷婷动了，她脱了鞋子，赤脚走出了宣纸。原来刚才她只是为作品补上最后一笔。

胖子亦早已准备好了，用绳子把宣纸拉起，展示给观众看。大家都惊叹不已，于婷婷竟然用身体画出一幅巨型的、水平极高的山水画。

全场掌声雷动，于婷婷也很满意自己的表现。

夏梦在后台看着也兴奋地鼓掌，"太精彩了！我们美术班大出风头啊！"

"到我们出场了，你不要丢我们美术班的脸啊。"李铮提醒道。

"喂！你这么说是什么意思！"夏梦不满。

"我只是想激励你的斗志。准备好了没有？"

夏梦点头："嗯！"

"那我们出场吧！"李铮士气高昂。

夏梦和李铮分别从舞台的两边进场，他们手里变出了两副纸牌，然后扔出抛物线的轨迹，向对方飞出纸牌，交织出一个漂亮的构图。

他们在舞台的中央会合，并继续向半空飞纸牌，造出如喷泉般的效果。

他们手上的纸牌飞光后，进入下一个项目，李铮安排夏梦走入一个柜子里。

李铮转动柜子，又向柜子施咒，动作多多。柜子里的夏梦就要趁这个时间打开里面的机关，走向另一个柜子。可是夏梦发现机关卡住了，怎么也打不开。

李铮正要打开柜子的门，让观众看看空空如也的柜子，看看夏梦已经被他变走。但柜子里的夏梦突然压低声线说："糟了，里面的机关打不开。"

"什么？"李铮大惊，马上停住了手，不敢开门。

李铮一边继续向柜子施法，脑中一边想着如何解除这困境。

菲奥娜在后台暗角处偷笑，原来刚才她趁李铮和夏梦走开的时候，偷偷在他们的柜子里做了手脚，要让他们在舞台上出尽洋相。

李铮想了一会儿，终于想到办法了，马上压低声线对夏梦说："扮丧尸。"

"扮丧尸？"夏梦一脸疑惑。

李铮把柜子的门打开了，观众露出诧异的表情。因为他们都预期夏梦已被变走了，所以看到夏梦仍在柜子里反而感到十分惊讶。

夏梦虽然不知道扮丧尸有什么作用，可是她也想不到其他办法，只好按照李铮说的去做，看他怎样拆解。

夏梦皱起面容，提起双手，像丧尸一样走路和鸣叫："呜……嗯……"

观众都感到莫名其妙，李铮却煞有介事地说："糟了！我变走了她的记忆和智商，却变不走她的肉体，她现在变成丧尸了！"

全场观众大笑起来。

夏梦怒视着李铮，小声说："原来要我扮傻子，过分！"

任何一个爱美的女生都不愿意扮演这样的角色，可是夏梦现在不得不扮。夏梦只好拿李铮来泄愤，她追着李铮。

"喂喂喂，够了，你扮得太浮夸了。"李铮一边逃跑，一边提醒夏梦。

但夏梦假装听不到，继续以丧尸的身份追着李铮，更抓住李铮的手臂，一口咬下去。

李铮痛叫："哇呀！"

观众们又大笑起来。菲奥娜看到观众反应那么好，深感不忿。

"你竟然真的咬啊！"李铮小声哭诉。

"你说什么？我听不懂啊，我被你变走了记忆和智商。"夏梦摆明是报复。

李铮突然向夏梦施咒："睡眠吧！"

夏梦刚才已咬他泄愤了，现在便乖乖配合演出，装作被催眠，倒在地上。

李铮把夏梦抱到一张床上，向夏梦施法术，然后把床拿走，夏梦竟然浮在半空。观众热烈鼓掌。

李铮双手不停向上拨，夏梦亦随着他的动作往上升。

菲奥娜看见夏梦不停向上升，嘴角又露出了狡猾的笑意。

李铮把夏梦升到约两米的最高点，打算施法把夏梦降下来时，发现机关又不听话了，那个暗藏着的升降杆竟然不能降下。

"怎么还不把我降下去？"夏梦像腹语一样闭着嘴巴小声问。

"机关又坏了。"李铮额头冒出冷汗。

"不是吧。"夏梦额头上的冷汗冒得更厉害了。

李铮突然想到什么，说："扮转身掉下来，然后醒了，再追咬我。"

"掉下来？"夏梦非常担心，她现在可是在两米高啊，掉下来不跌死也会痛死。

"放心，我垫着你。"李铮说。

夏梦为了演出成功，唯有咬着牙关转身，可是当她瞄到与地面的距离，就恐高症发作，不敢滚下来。

"哎，真是猪。"李铮一脸鄙视的表情。

"说我是猪？咬死你！"

李铮的激将法很成功，夏梦立刻转身滚下来。

李铮用身体把她垫住，被夏梦压得透不过气，暗叫："啊，你好重。"

夏梦二话不说，继续扮丧尸咬李铮，李铮连忙逃跑。观众又大笑起来。

李铮跑进刚才出故障的柜子里，关上门。

夏梦在柜子外不停拍门，摇动柜子，演丧尸演得相当投入。

而李铮则把握时间修理柜子里的机关。

夏梦拍门也拍闷了，索性打开门咬李铮，怎料门打开后，发现柜子里空空如也，李铮不见了。

观众鼓掌赞赏。菲奥娜却感到诧异。

夏梦呆呆地看着柜子，"难道李铮把机关修好了？"

此时，李铮从另一个柜子里冲出来，跑向夏梦，从后一推，把夏梦推进柜子里，关上门，引得观众笑声不绝。

夏梦惊愕："喂！"

李铮打开柜子上的小窗，露出夏梦的头，并向夏梦使了个眼色。

夏梦似乎已经跟李铮建立了默契，明白李铮的意思了，他们要进入最后的表演。

李铮拿起颜料盘和画笔，在柜子上画画，而且像魔法施咒一样，令夏梦的表情渐渐从丧尸恢复正常，那当然是夏梦自己演的。

李铮把柜子的前后左右四面都画上了鲜艳夺目的图案，尽显他美术功底，然后李铮把柜子门打开，观众们惊喜万分，因为夏梦的裙子上竟然也画上了跟柜子上一模一样的图案，非常美丽。

全场掌声雷动，这是一个精彩搞笑的表演，为大家带来欢乐，但菲奥娜却气愤不已。

学生们的表演可谓高潮迭起，这时终于来到压轴表演了，是大家期待已久的组合——卢斌与冰蓝纱。

幕布先拉下来，让卢斌和冰蓝纱在幕布后面做准备。观众们都很着急想看看这对金童玉女的演出。

幕布还没拉开，清脆的琴音率先响起，是一段引人入胜的前奏音乐，把观众的期待一直催化至极点，然后幕布才慢慢升起。

现场观众无不看得目瞪口呆。

卢斌弹奏着一架华丽的白色三角琴，但琴盖并没有打开，因为冰蓝纱穿了一袭高贵的银白色纱裙，站在琴上跳舞。冰蓝纱的裙子上镶满了珠片，跳舞时闪闪发光。整个画面就如一个巨型音乐盒一样，震慑全场，艳惊四座。大家都屏息静气地欣赏着。

冰蓝纱配合着音乐，在钢琴上跳出优美的舞姿，她的步法轻盈得像小鸟，因为稍一用力就会干扰钢琴的音色，甚至踏坏钢琴。

卢斌弹奏的乐曲好像呼应着之前每一位同学的表演，把各种感觉一一勾起、回味、收拾、总结，并安放在记忆的深处，好好保存下来。

卢斌和冰蓝纱的表演很好地诠释了艺术的精髓，就是与观众感应，他们以音乐和舞蹈来展现出青春、活力、阳光、积极、正面、乐观、优美，还有对未来的憧憬、期盼等，正好呼应了校长的致辞。

大家都如痴如醉地欣赏着，卢斌和冰蓝纱把优美表现到极致。

当音乐和舞蹈完结时，观众的心灵好像经过了洗涤一样，十分舒畅、宁静。大家由衷地鼓掌，嘉宾们更纷纷走到校长面前恭贺演出成功，大赞学生的艺术水平很高。

散场后，来观礼的家长们开心地和自家孩子在舞台上留影，夏梦的妈妈和舒琴的妈妈结伴而来，夏梦和舒琴兴奋地拉着她们拍照。

夏梦妈妈大赞女儿："小梦，刚才你的表演实在太精彩了，尤其是扮丧尸，就像你平时早上起床睡不够时的模样。"

夏梦连忙捂住妈妈的嘴，"哈哈，妈，我带你去那边吃茶点。"

夏梦为免妈妈乱说话，便带妈妈去吃茶点。妈妈果然只顾着吃不再说话了。

这个时候冰校长走到夏梦面前，"夏梦同学，你今天演得非常好，证明我的决定没错。"

夏梦感到愕然，但马上就想起来，好奇地问："对了，校长。我明明迟到来不及参加考试，为什么最后也被录取了？"

"因为你留下了这个东西。"

校长把一个文件夹交给夏梦，然后就微笑着离开了。

夏梦打开文件夹，原来是那天自己因为迟到无法参加考试，伤心失落，独自留在考场里为了发泄而画的漫画。画中是她画笔下的自己和菲奥娜，互相扶持，一起骑着梦幻般的特工车赶去学校考试，画稿上仍可看到夏梦的泪痕呢。夏梦终于明白，原来校长是看了这些画而录取她的。

此时，李铮快速地抢走了夏梦手上的画稿，"看什么？给我看看！"

夏梦紧张地想抢回来，"喂！不准看，是我的！"

"看看嘛，我们是好搭档。"李铮看了大笑起来，"哈哈，很有趣啊，那个是不是菲奥娜？"

"拿回来！"

"不给，哈哈。"

夏梦去抢，但李铮抱着画稿逃走。

李铮跑得快，很快就失去踪影了，夏梦在人群中东张四望，要把李铮抓出来。夏梦突然发现卢斌也像她一样在人群中搜索着什么似的，但卢斌的神情明显带着一份强烈的期盼。

期望越大，失望越大，只见卢斌找不到想找的人，一脸失落地独自离去了。夏梦感到不安和疑惑，舒琴在夏梦的耳边说："卢斌尽管出身于富裕家庭，过着衣食无忧的生活，但他的父母从未探望过他，似乎不是很在意这个儿子。"

夏梦明白了，难怪卢斌身上带有一种忧郁的气质。

第四章

山鸡不准变凤凰

夏梦隐隐觉得自己与于婷婷之间忽然产生了一道鸿沟，可是她还没察觉到这鸿沟正渐渐包围着她，令她变成了一座孤岛。

1

灿烂的朝阳正好衬托新生才艺秀后的第一天课。大家兴奋的心情仍未完全平复下来，依然沉醉于当天的精彩表演和热烈气氛之中。

班主任汪美林老师踏进教室说的第一句话是："恭喜你们，演出非常成功。"

全班同学欢呼雀跃。

"特别有几位同学，我觉得他们表现非常出色。"汪老师看着卢静雅说，"卢静雅，我知道这次的合作演出非常不容易，但你依然很努力去做，而且做得很好，展现出一颗善良的心，值得我们学习。"

"谢谢老师。"卢静雅微笑着鞠躬。

汪老师再看向杜鹃，杜鹃却回避老师的眼神，一脸的满不在乎。

汪老师继续点名称赞："何欣月，你的演出非常自信和个性。"

"谢谢老师。"何欣月兴奋地站起来，向大家做出各种胜利姿势、健美动作，等着接受众人的欢呼，"掌声呢？欢呼声呢？哈哈……"

何欣月逗得同学们哈哈大笑，菲奥娜却一脸不屑。

"坐好！"汪老师把渐渐失控的何欣月叫住。

何欣月一脸尴尬地坐下。

"至于夏梦和李铮，你们两个是来搞笑的吧？"

汪老师突然这样说，夏梦和李铮也不知道老师是褒还是贬，一时不知该如何反应。

汪老师接着说："不过任何表演最重要的是能调动观众的情绪，这方面你们做得非常成功。而且你们的默契也非常好，达到了新生才艺秀的其中一个目的，就是学习如何合作，加深同学之间的了解和建立默契。"

"谢谢老师。"夏梦心花怒放，以前上小学时屡被老师批评和告诫，以致越来越低落，没想到初中生涯一开始就得到老师的称赞呢。

李铮在夏梦的耳边说："第一次被老师称赞吗？笑得那么兴奋。"

夏梦的笑容立时僵住了，怒视着李铮。李铮马上假装低头看书。

得到最高评价的还是于婷婷。汪老师说："于婷婷，你的演出令我印象深刻，非常有创意，艺术水平亦很高，完全超乎我的预期。希望你继续努力。"

"谢谢老师。"

同一句"谢谢老师"，于婷婷的语气显得特别公式化，就好像被称赞得太多，设定了自动回复的语句一样。

"好了，新生才艺秀已经完结了，希望大家收拾好心情，用心上课。"

汪老师已经点名称赞完毕了，却只字没有提及菲奥娜。菲奥娜心里有多失落可想而知，感觉自己已被孤立，被遗忘。她一直觉得自己的实力能媲美于婷婷，没想到现在却连夏梦和何欣月也比不上。

"今天大家先来个简单练习。"汪老师对夏梦说，"夏梦，由你挑选一件东西出来，给大家做静物素描。"

夏梦便随意地从桌上拿了自己的水杯给老师。

"好吧，今天大家就画这个水杯。"老师把水杯放在静物台上。

大家都很专注地练习素描，但菲奥娜看到夏梦的任何东西都会无名火起，素描每一笔都画得很用力，好像把画纸当成了夏梦，要把她刺痛一样。菲奥娜更在杯子里画了恐怖的液体，冒着很多很多的泡沫，像很浓的毒液，不断膨胀，溢出杯外，非常恶心。菲奥娜的怒意已经一发不可收拾了。

晚上，几个女生在宿舍里各忙各的。

当然她们的床位早已恢复正常的上下铺。杜鹃在何欣月的上铺，卢静雅在于婷婷的上铺，而夏梦则在菲奥娜的下铺。

晚上这段最自由放松的时间里，杜鹃正在用电脑看恐怖的另类丧尸电影。

何欣月在跳健康操减肥，却是边吃薯片边跳。

卢静雅戴着粉红色的耳机听音乐。

菲奥娜皱着眉头，心情不佳，躲在自己的上铺上，拿着画笔在画簿上不停地用力画，旁人不知道她在画些什么。

于婷婷新买了一些画具和参考书，夏梦好奇地走过来看。

"于婷婷，你新买的吗？可不可以借我看？"夏梦问。

"可以。"

夏梦兴奋地把弄着新画笔，翻阅参考书，"好厉害啊。"

这时于婷婷正忙着收拾处理旧的画具和参考书，夏梦看见于婷婷搬得有点儿吃力，连忙去帮忙。

"我帮你。"夏梦帮于婷婷抱着一大堆旧参考书，上面还放着许多旧画具。虽说是旧画具，但保护得非常好，而且都是名牌货。

"这些东西你都不要了吗？打算怎么处置？"夏梦惊讶地问。

"不要了，那套新的画具比较好。"于婷婷看着那堆旧物说，"旧的这些都不会再用了，看谁想要就送给谁吧。"

夏梦突然瞪着很萌的眼睛看着于婷婷，撒娇般说："于婷婷同学……"

于婷婷被她吓了一跳，"你想要吗？"

夏梦用力地点头。

"那就送给你吧，不过我还没有收拾好，等我收拾好再一并给你。"

夏梦兴奋地抱着于婷婷，几乎要亲她，"谢谢你啊，于婷婷。"

于婷婷一脸尴尬，不知道该怎么反应。

菲奥娜越看越生气，把画簿上的画纸撕了下来，露出狰狞的面容。

夜深了，是时候上床睡觉了，夏梦掀开被子时尖声惊叫："哇！"

大家被她吓了一跳，连忙走过来查看，除了杜鹃之外，她只睁开半只眼睛瞄了一下，然后继续拉过被子蒙头大睡。

大家走到夏梦的床边，发现原来夏梦的枕头上有一只大蜘蛛，不过是画在画纸上的。

"被你吓死了，原来只是一幅画。"何欣月顿时松了一口气。

"我怎么知道？我一掀开被子就看到这个了，乍看还以为是真的呢！"夏梦可怜兮兮地说。

"谁的恶作剧啊？"卢静雅温和地问。

"看画功和笔法，应该是……"于婷婷说着抬头望向上铺的菲奥娜。

菲奥娜一手抢去了画纸，还向夏梦恶人先告状："干吗偷我的画？"

"是它在我的枕头上。"夏梦喊冤。

菲奥娜满脸不屑地挖苦："知道了，知道了，你的魔术很厉害，可以把我的画变到你的枕头上。"

菲奥娜说完便气呼呼地盖上被子别过头去睡觉，任谁都嗅得出听得到看得见菲奥娜浓浓的妒意。

半夜，睡不着的菲奥娜还故意翻来覆去制造声音，骚扰下铺的夏梦，使夏梦也无法入睡。

第二天，夏梦因为睡不够而迷迷糊糊，课堂上的习作做得特别慢。

相反，李铮很快地完成了习作，偷偷在书桌下玩游戏机，还不时向夏梦展示自己在游戏里的英姿。夏梦仍忙着做习作，不耐烦地拨开李铮。

此时菲奥娜突然举手向老师举报："老师，夏梦和李铮在玩游戏机。"

汪老师厉眼扫过去，果然看到李铮拿着游戏机递向夏梦。

"冤枉啊，老师，我没有玩。"夏梦慌忙解释。

"你们两个到外面罚站。"汪老师严厉地说。

"知道。"李铮爽快地走出去，偷偷把游戏机放进裤袋，心里暗笑。

但他的诡计被汪老师发现了，"等等！不用出去了，在我旁边罚站。"

李铮的心顿时往下一沉。

夏梦一脸无辜地与李铮罚站，而且要面对所有同学，感到十分丢脸。

这时汪老师向同学们宣布一个消息："校长对你们很好，邀请了著名画家林枫今天晚上亲临艺术楼给大家指导专业课。所以你们务必在晚上七点半前到达画室，不准迟到。"

大家得知林枫要来，都兴奋得尖叫欢呼。因为林枫可是当红的画坛帅哥，虽然已经成家，但依然是万千少女的偶像。

菲奥娜看见夏梦一副充满期待的样子，心里突然浮现出一个念头，然后嘴角流露出一丝奸笑。

2

晚上六点半左右，大家刚吃过晚饭正在宿舍里休息。

穿了一身睡衣的夏梦趁还有一个小时的时间，匆匆端起洗漱盆，带着要洗的衣服赶去宿舍楼里的卫生间。

夏梦经过阳台的时候碰到了正在收衣服的菲奥娜。

"菲奥娜，收衣服吗？"夏梦打招呼。

菲奥娜竟然一反常态，对夏梦挤出一个亲切的笑脸说："是啊，你去洗衣服吗？等下要赶去教室，你要抓紧时间啊。"

夏梦对菲奥娜忽然友善的态度感到诧异，不过也礼貌地回应："嗯，我知道了，谢谢。"

夏梦继续前往卫生间，菲奥娜却突然停止收衣服，匆匆忙忙跑回宿舍去。

"走啦走啦，老师说林枫会提前过来。"菲奥娜回到宿舍，上气不接下气地说。

"真的吗？怎么突然提前了？"大家都很愕然。

"我也不知道，反正我们现在就要过去了。"菲奥娜装出十分紧急的样子。

大家不疑有诈，赶忙换衣服准备去艺术楼。

"要不要通知夏梦？"卢静雅细心地问。

菲奥娜立刻说："不用了。刚才我碰到她，她说她会赶来。"

菲奥娜说完又马上通知整层楼的同班同学，更提醒她们离开时谨记锁好房门。

菲奥娜等到于婷婷、卢静雅她们完全离开宿舍后，亦悄悄把寝室的门反锁起来。

美术班的女生浩浩荡荡地下楼，把正在编织毛衣的宿管阿姨吓了一跳。

"你们要去哪儿？"阿姨问。

菲奥娜让大家先行赶去艺术楼，自己留下来回答："阿姨，你不知道吗？林枫要来我们学校。"

"林峰？"阿姨双目发光，"是演电视剧的那个林峰吗？"

菲奥娜故意误导她："就是很出名的那个林枫啦，不然还会是谁。"

"他现在就来吗？"阿姨着急道。

"马上就来，很快就走。"

"可不可以帮我拿签名？"阿姨恳求。

"拿什么签名，直接去见他吧。"菲奥娜怂恿道。

"可是我要在这里守门。"

"楼上都已经没有人了，你还守什么门？把门锁上就行。"

"真的吗？"阿姨有些疑虑。

"骗你干吗？"

宿管阿姨为了见偶像林峰一面，便将楼下大门锁上，然后跟着菲奥娜她们一起去艺术楼。

菲奥娜离开的时候回头望了宿舍楼一眼，伴随着阴险的笑容。

这时，夏梦刚洗完衣服拿到阳台去晾晒。她从阳台看出去，隐约看到一群女生往艺术楼走去。

"时间到了吗？"

夏梦匆匆晾完衣服赶回寝室，发现寝室的门被反锁了，夏梦进不去。

"有人吗？谁把门锁上了？我进不去啊！"夏梦拍门大喊。

夏梦尝试向同层的其他寝室拍门，全无回应，而且所有房门都是锁上的。

"怎么会这样？欣月她们不知道我去洗衣服吗？"

夏梦打算到楼下找宿管阿姨帮忙开门。可是她到了楼下不但找不到宿管阿姨，更发现连大门也被锁上了。夏梦此刻既进不了寝室，也出不了大门，这令她想起某部恐怖电影，她就像电影中被丧尸咬过的住客，被禁锢在宿舍里不能

出来。

夏梦拍打大门，可怜地叫喊："放我出去呀！你们遗漏了我！"

不过被遗漏的不只夏梦，宿管阿姨还遗漏了大堆零食，有薯片、巧克力、辣条、鸭脖等。反正也无法到艺术楼上课，倒不如留在这里吃零食算了。

夏梦情不自禁地拿起一包巧克力，正想打开之际，脑海突然浮现一幅画面：林枫像武林高手一样向各人传授画功，大家的画功都突飞猛进，唯独夏梦不思进取，只顾吃，变成了大胖子，连画架都被她的大肚腩撞翻。

夏梦想到这里，立刻丢下巧克力，大力摇头："不行！不可以错过任何学习的机会！"

身穿睡衣的夏梦急急跑到阳台去拿晾晒中的衣服应急，可是夏梦自己的衣服仍是湿漉漉的不能穿。

而菲奥娜的衣服夏梦又不敢碰，因为她想象得到菲奥娜又叉着腰怒骂她，要她赔偿一万几千块的情景。

剩下的就只有何欣月的衣服了。虽然尺寸不太合适，但总比穿着睡衣去上课好。

时间不多了，夏梦穿上何欣月的大码衣服后，打算从阳台旁边的排水管爬到地面去。

这是很多学生晚上偷偷出去玩，又偷偷回来的秘密通道，夏梦见到不少人爬过，好像挺容易的，便决定试试看。

有恐高症的夏梦小心翼翼地爬出阳台，眼睛不敢往下看，手脚颤抖得很厉害。

此时一个声音突然呵斥她："你在干吗！"

夏梦被对方一吓，手脚顿时发软，失足掉下，惊叫："哇！"

夏梦以为这次九死一生，不跌死也会重伤毁容，幸好千钧一发之际有人及时接住了她。

她回头一看，原来是卢斌。

"谢谢。"夏梦温柔地答谢。

看似一场英雄救美的好戏，但英雄竟然对美女破口大骂："你知不知道你这样做是很危险的！"

"对不起。"夏梦被吓得连忙道歉。

卢斌的情绪有点儿失控："你对不起的不是我，是你的家人，你的朋友；你伤害了所有关心你的人！"

"我是因为……"夏梦想解释。

但卢斌打断她的话："什么理由都不是借口，任何情况下都不应该做这么危险的事！"

平日温文尔雅的卢斌骂起人来竟然这么凶，几乎把夏梦骂哭了。

"干吗骂人？"夏梦很委屈地哭着跑掉了，心想是不是有才华的人都会有这样的艺术家脾性。

卢斌大力深呼吸，对自己的情绪失控也感到很无奈，似乎心里有一个很重的心结。

艺术楼那边，女生们等了很久还没等到林枫来，纷纷追问菲奥娜。

菲奥娜尴尬地解释说："可能老师想让我们早点儿做准备。"

快七点半了，男生们也陆续来到艺术楼。宿管阿姨则在艺术楼外一边织毛衣，一边等着她的偶像到来。

此时夏梦拼命奔跑赶到，看见宿管阿姨，马上埋怨："阿姨，你为什么会在这里？你把我困在宿舍楼里了，我为了来上课还差点儿摔死呢！"

阿姨也很诧异："菲奥娜明明说宿舍楼里已经没有人，所以我才锁上大门来这里看林峰的。"

"林枫也是你的偶像？"夏梦惊讶地问。

"是呀，他演的剧集我全都看了。"

夏梦额头上滴下豆大的汗珠。经夏梦解释后，阿姨才知道原来不是演戏的林峰，便失望地回宿舍楼了。

时间终于到了七点半，汪老师带着林枫踏入画室，菲奥娜正高兴之际，夏梦却紧随着跑进来。

汪老师瞟了夏梦一眼，却没有责备，因为夏梦尚算按时到了画室。菲奥娜计划失败，气得咬牙切齿。

林枫看见衣不合体的夏梦，不禁露出微笑。

"夏梦，你为什么穿了我的衣服？"何欣月惊奇地问。

"说来话长。"夏梦也没工夫去解释了。

"安静！"汪老师喝停了学生们的闲聊，然后向大家介绍，"这位不用介绍你们应该也知道，非常杰出的年轻画家，林枫先生。"

学生们鼓掌欢迎。

林枫三十多岁，顶着一头丰厚的亚麻色曲发，略带一点儿胡楂的脸散发着典型的艺术家气质，加上深邃的眼眸，使他看起来又酷又帅。

"这一课将会由林枫老师指导你们。我先回去了，你们好好把握机会学习啊。"汪老师说完就离开了。

林枫接着开口道："大家好，很开心可以来这里跟大家分享绘画的心得。我想让大家先用自己的方法画一幅画，然后我再从旁给予一些意见。"

同学们马上开始作画，大家都很用心，希望在大师面前展示出自己最佳的水准。

在新生才艺秀上出师不利的菲奥娜视这次为翻身机会，使出浑身解数去画，结果得到的评语是根底不错，但太刻意卖弄技巧了，主题欠清晰。

林枫赞李铮画的英雄人物饶有气势，富武侠风，不过画功还不够成熟，比较粗枝大叶，要多画多练习。

杜鹃的画很有个性，就是画得有点儿太随意。卢静雅技巧尚可，各方面都很平均，只是风格不够突出。

林枫在画室里一边观察一边评论各人的作品。

最特别的是何欣月，她竟然画了一幅地图。

林枫大感奇怪，以为有什么特别的寓意，怎料何欣月回答道："因为明天要进行地理测验，所以我顺便温习一下。"

何欣月又一次引爆大家的笑点。

美术班里画功最好的当然是于婷婷，她的父亲也是著名画家，地位甚至比林枫更高。

大家在林枫面前画画都显得异常紧张，压力很大。但于婷婷却信心十足，表现淡定，非常专注地画，画出了超水准的作品。

林枫看到她的作品时，也惊为天人，没想到初中学生竟有如此水准。

林枫拿起于婷婷的画作正想大赞特赞的时候，突然又把画作放下，令于婷婷感到十分愕然。

原来林枫忽然瞄到了夏梦的作品，引起了他强烈的兴趣，马上放下了于婷婷的画作，跑到夏梦面前。

夏梦画的是一个做鬼脸的女孩，五官表情画得异常夸张，充满喜感。

林枫大笑起来："哈哈哈……"

大家都被林枫的笑声吓了一跳，纷纷看过来，大惑不解，难道林枫的笑点那么低？

"好！好！哈哈……"林枫不但狂笑，更连声赞好，再看看衣不合体的夏梦，忍不住笑得更厉害了，问道："你叫什么名字？"

"我叫夏梦。"

"夏梦，不知道你有没有兴趣在课余来我的画室练习绘画？我可以给你一些指导。"

夏梦兴奋地反问："有啊有啊，好有兴趣，什么时候开始呢？"

林枫要收夏梦为徒吗？竟然是夏梦而不是于婷婷或者菲奥娜？这实在太令人大跌眼镜了。

一直以来被光环笼罩着的于婷婷亦大感受伤，此刻她和菲奥娜竟然以一致的眼神睥睨着夏梦，那是嫉妒的眼神。

3

星期五晚上，总是弥漫着欢快的气氛，大家都怀着兴奋的心情筹划着周末的节目。

宿舍角落里一个用布帘围成的更衣间里透着灯光，隐约看得出一个女生在里面换衣服。

布帘打开，夏梦穿着一袭华丽的公主纱裙呈现在大家眼前，并在宿舍仅有的狭小空间里走秀，摆起姿势问："怎么样？"

"太华丽了吧？你是去画画，不是去COSPLAY（角色扮演）啊。"舒琴说。

"也是。"夏梦听取意见，又回到布帘后面换另一套衣服。

原来夏梦正在为明天去林枫的画室该穿什么服饰而烦恼，她不想失礼，所以借来不少衣服，更找了舒琴来帮忙给意见。

夏梦换了一套画家的打扮走出来，宽身的卡其色袍子，顶着枣红色的画家帽，像位大画家一样。

"有点儿造作啊。"舒琴直率地说。

杜鹃刚好冲完凉回来，夏梦问她意见，她冷冷地回道："穿比基尼吧。"

夏梦垂头无语，拖着脚步回到布帘后面，接连又换了几套衣服，但总是觉得怪怪的。最后她穿了背带裤和白色上衣走出来。

"这个好啊！"舒琴终于有正面的评价。

"这不就是我平时的打扮吗？"夏梦没好气地说。

"嗯，我还是觉得这个打扮比较适合你。"舒琴劝说，"其实去林枫的画室也不用那么紧张，穿回平时的衣着就可以了。"

于婷婷和菲奥娜露出不屑的神情。

这时房门突然打开，何欣月捧着一大堆东西进来，不怀好意地笑着对夏梦说："夏梦，我们帮你准备了明天需要带的东西。"

夏梦心想自己虽然对明天的"私教"很重视和紧张，但也不至于要带那么多东西吧。

何欣月捧起几本厚厚的画册解释说："首先，这几本林枫的画册，麻烦你明天帮我们带去给林枫签名。"

"你们？"

"嗯，一本是我的，其余是其他同学托我给你的。上次林枫来学校我们都不好意思找他签名，后悔死了。"

除了画册之外，竟然还有相机，说是希望夏梦帮他们拍下林枫及其画室的照片。此外更有一大堆的问题，不论八卦的，还是跟美术有关的，都希望借夏梦的口去问林枫。

最后当然也少不了各种各样大家准备送给林枫的礼物。

夏梦看着这些估计比自己还重的东西，苦着脸投诉："你们会不会太过分啊？我是去练习画画，不是当你们的跑腿啊。"

何欣月满脸堆笑，搭着夏梦的肩膀半开玩笑地哄道："小梦啊，我们全校就只有你一个被大画家林枫看中，只有你有机会跟他学习，你身为画坛明日之星，就帮帮我们这些平民百姓完成小小的心愿吧。"

夏梦被她逗笑了："你说得好夸张呀。"

何欣月越说越兴奋，还向于婷婷和菲奥娜说："于婷婷、菲奥娜，你们有什么问题要问或者有什么礼物要送给林枫的，尽管告诉我们这位画坛小明星。"

何欣月本来只是开玩笑，却刺中了于婷婷和菲奥娜的死穴，尤其于婷婷感到自己的地位好像被夏梦超越了，心里十分难受。

菲奥娜更按捺不住自己的情绪，激动地回应："哼，林枫算什么？如果我要拜师学画，只要跟我爸说一声，全世界一流的画家马上争着来教我哪。还有于婷婷，她爸可是大画家于云，比林枫有名多了，你以为她会稀罕林枫的教导吗？"

于婷婷虽然保持沉默，但从眼神和动静可以看出她是认同菲奥娜的说法的。

"只是开玩笑而已啦。"舒琴尝试打圆场。

此时，一阵蛋糕的香味从外面飘进来，卢静雅推门而入，手里捧着一个大蛋糕，腼腆地说："夏梦，我刚做了一个大蛋糕，想送给林枫。"

夏梦晕了。

期待已久的时刻终于来临。

星期六早上夏梦背着一个大包，怀着受宠若惊的心情准时来到林枫的画室。

画室位于市内有名的艺术园区里其中一座大楼，外形设计独特，古色古香，很有艺术感。

夏梦迫不及待地走进大楼的大门，马上被眼前一条用石砖砌成的长长楼梯吓呆了，虽然设计非常有特色，但一想到自己要背着一大堆画册、蛋糕、礼物爬上这么长的楼梯，心里就开始怀念文明的电梯了。

夏梦一边爬楼一边欣赏挂满楼梯两旁林枫的画作，此刻心里还是不大相信林枫会点名选择她。

她怀疑自己的画功是不是真有那么好，竟然得到名画家的赏识！

也许是看到她巨大的潜质吧，夏梦心里乐滋滋的。此外她还猜想着林枫将会教她什么，见面第一句应该说什么，等等。

爬着爬着，夏梦终于征服了这条长长的楼梯，来到林枫画室的门口了。

她敲响那别致的银色门铃，清脆的铃声引来急促的脚步声，大门徐徐打开，但竟然看不见开门的人，夏梦以为自己撞鬼，惊慌得几乎从长长的楼梯滚下去。

此时一个声音从低处响起："你就是夏梦姐姐吗？"

夏梦低头一看，原来是个五六岁的小女孩。

"嗯。"夏梦点点头，然后跟着小女孩进去。

林枫的画室布置得简约舒适，木桌木椅木几木柜木书架，伴以散落有致的各式盆栽，散发着清新雅洁的大自然气息，令人心旷神怡。

"你坐这里。"小女孩以老师的语气指示夏梦坐在木椅前，然后伸出手问，"你有没有带上次画的画？"

"上次画的画？"

夏梦猜测小女孩所指的是上次林枫去学校指导时她画的那幅画，刚好她有带来，便拿给小女孩。

小女孩看了，立即皱眉睥睨着夏梦说："你果然是抄袭我的画。"

夏梦瞪大了眼睛说："我抄袭你的画？"

小女孩二话不说，转身拿了一些画作过来，摆在夏梦面前。

夏梦一看也惊呆了，全部画作都是夸张搞怪的鬼脸表情，的确跟夏梦画的那幅非常相似。

"承认了吧？"小女孩趾高气扬地问。

夏梦面容抽搐，实在拿这个自以为是的小女孩没办法。

"林妹妹，不要欺负夏梦姐姐啊。"

林枫从外面买了一些零食回来，小女孩兴奋地去零食堆里寻宝。

"林枫老师。"夏梦礼貌地弯腰打招呼。

林枫向她介绍，原来这个小女孩是他的女儿，叫林妹妹，每逢周末都会来画室跟爸爸学画画。

"那天我看到你的画真的很惊讶，怎么跟我女儿画的几乎一样。她常常说一个人画画很闷，所以我想到邀请你来陪她一起练习画画。"林枫解释邀请夏梦来的原因。

夏梦闻言呆住了，张大嘴巴说不出话。

原来不是因为自己画得好，而是因为技法太幼稚，画得跟小女孩一样，所以才得到林枫邀请，与他六岁的女儿一起学画画。

夏梦也不知道值不值得高兴，不过难得有名画家指点，她还是决定好好把握这个学习的机会。

林妹妹递给夏梦一颗巧克力。

"谢谢。"夏梦一口咬下去。

"以后叫我师姐啊。"林妹妹认真地提醒道。

夏梦几乎笑了出来："好吧，小师姐。"

林枫开始今天的教学，想了一下，说："我为你们出题，今天就画苹果吧。"

"画苹果？"夏梦心想是不是真的把她当小女孩了。

林枫补充说："不是普通的苹果啊，是苹果精灵，会魔法的，有眼耳口鼻的，有手有脚的。"

夏梦竟然跟六岁的林妹妹一样，兴奋地说："好啊！"

她们兴致勃勃地马上开始画，林妹妹侧身挡着说："别抄我的。"

"我抄你的？"夏梦反驳道，"我说你不要偷看我的。"

二人就在嬉嬉闹闹的气氛之下享受着周末画画的乐趣。

夏梦周一回到学校上课的时候，发现那个在新生才艺秀上跟于婷婷合作表演的胖子，在课堂上竟然用于婷婷的旧画具来作画。

下课后夏梦连忙找于婷婷问："婷婷，你的旧画具送给了胖子？"

"对啊，我送给了他，当作答谢上次的合作。"于婷婷用带有挖苦的语气说，"那些参考书我也给他了。夏梦，你现在是林枫的入室弟子，他画室里什么画具参考书都有，我那些旧东西配不上你的。"

山鸡不准变凤凰

　　夏梦隐隐觉得自己与于婷婷之间忽然产生了一道鸿沟，可是她还没察觉到这鸿沟正渐渐包围着她，令她变成了一座孤岛。

4

自从林枫邀请夏梦到他的画室练习，夏梦一到周末就跑去画室，与林妹妹一起练习画画，有时还会互相比赛、吵嘴，但有时又很默契地嬉戏玩乐，夏梦表现得像个六岁大的小女孩一样。

夏梦经常要去林枫的画室，因此跟舒琴、何欣月她们去玩的时间越来越少。

何欣月忍不住向夏梦投诉："夏梦，我们已经几个星期没有一起去玩了，你什么时候才有空啊？"

夏梦很为难，"欣月，对不起啊，最近周末我都要去林枫的画室练习。"

"少去一天会死啊。"何欣月带着命令的口吻说，"这个星期六是静雅的生日，我们已经约好了去唱歌，你负责买生日蛋糕，到时以神秘嘉宾出现，给静雅一个惊喜，知道吗？"

既然是卢静雅生日的大日子，夏梦当然义不容辞，牺牲一天的练习又算得了什么，所以她一口答应："没问题。"

为求稳妥，夏梦几天前就已经为卢静雅订购好了生日蛋糕，而且提早告诉林枫她这个周末有事不能到画室练习。

林妹妹知道后很失落，马上打电话给夏梦，要求夏梦来跟她玩。但夏梦说明了原因，这个周末真的不能去。

很快就到了卢静雅生日那天，她们兵分两路，何欣月、于婷婷、菲奥娜、杜鹃先跟卢静雅去吃午饭，夏梦则悄悄地去拿生日蛋糕。

怎料夏梦突然接到林妹妹的电话，林妹妹呻吟着说自己肚子好痛，爸爸不在画室，又联络不上，不知怎么办。

夏梦大为紧张，马上买了肠胃药赶去画室看林妹妹。可是到了画室，林妹妹竟然生龙活虎地开门迎接她。

"你不是肚子痛吗？"夏梦惊愕地问。

"不这样说你怎么会来？"林妹妹的语气没有半点儿悔意，还带着几分自豪，觉得自己很聪明。

夏梦正想责备她的时候，忽然闻到很香的气味，林妹妹捧着一盘新鲜出炉香喷喷的曲奇饼干过来。

"这个星期我特意学了做曲奇饼干给你吃呢。"

夏梦听了这句话很感动，整个人都软化了，实在不忍心责备这个天真可爱的小妹妹。

林妹妹拉着夏梦坐到沙发上，一边吃着曲奇饼干，一边看她婴孩时期父母为她拍的录像。录像里的林妹妹跟现在一样活泼可爱，夏梦看着看着渐渐忘记了生日蛋糕的事情。

没想到林妹妹年纪小小，做的曲奇饼干竟然那么好吃。可是吃了不久，夏梦和林妹妹都忽然皱起眉头，捂着肚子，互相对望。

"吃了果然会肚子痛。"林妹妹不忿地说。

"什么？"夏梦对林妹妹的话感到非常惊讶。

"昨天我试做了一次给爸爸吃，他吃了后肚子痛，所以今天不愿意吃了。"

"那你昨天没有吃吗？"夏梦问。

林妹妹摇摇头说："没有，因为我想等到今天与你一起吃。"

夏梦心里想，林妹妹，你实在太客气了。

"我明明已经完全按照食谱去做，怎么会这样？"林妹妹还是很不忿。

"可能材料受污染了吧。"夏梦捂着肚子甚是痛苦，"呀！不行了，我要上厕所！"

"我先啊！"林妹妹抢先一步跑去。

结果二人一整天守在厕所门前进进出出，十分可怜。

另一边，夏梦的同伴们正在KTV（指配有卡拉OK和电视设备的包间）里欢快地唱歌。何欣月胸有成竹地贼笑，她等待着夏梦以神秘人的身份拿着生日蛋糕出现，给卢静雅一个大惊喜，这是她精心策划的一场大制作，她对自己这个点子很满意。可是等了大半天夏梦还没到，何欣月渐渐变得焦急。

何欣月打电话给夏梦，但一直没人接听，大概是因为夏梦正在上厕所听不到，最后手机的电还用光了。

何欣月认为不能再等夏梦，只好临时应急在附近便利店买了一个小蛋糕和蜡烛凑合。她还充当完全不神秘的神秘嘉宾，推开房间的门，双手捧着非常"精巧"的蛋糕，一边唱着生日歌，一边走进来。

难得卢静雅表现得非常惊喜和开心。其他人则诧异地看着何欣月，眼神都在问："不是夏梦吗？不是大生日蛋糕吗？不是要给卢静雅惊喜吗？"何欣月只能以一个愤恨的眼神作答。

夜幕低垂，大家都已经上床睡觉的时候，夏梦才捧着个大蛋糕匆匆忙忙地跑回宿舍，她在走廊上恰巧碰到了刚上完厕所的何欣月。

"对不起啊，欣月，今天我……"夏梦慌慌张张地解释。

但何欣月没有等她说完，便怒不可遏地一手把生日蛋糕打在地上。夏梦十分惊讶，心里仍想着：何欣月一定是在开玩笑，她一定是假装生气捉弄我。

可是何欣月这次并非开玩笑，她真的非常生气。

"你今天去了哪儿？是不是去了林枫的画室？"何欣月严厉地质问。

"我……是去了，不过……"

"你答应过我们什么？你说你今天一定会来！是不是好朋友的生日也可以不理了？"何欣月激动地说，"我知道人家是名画家林枫，你跟着他画画就可以飞上枝头变凤凰，所以必须牢牢抓住这个机会，少去一天也不行。我明白的，我不会怪你，但你当初就不要答应我们会来啊。你知不知道我们今天等你等了大半天，最后我要去便利店买个小蛋糕当作生日蛋糕来为卢静雅庆祝！夏梦，你真的太过分了！"

何欣月一口气说完，便气冲冲地转身离去。

夏梦呆住了，何欣月是除了舒琴以外她最好的朋友，她们每天一起上课，一起聊天，一起开玩笑，但现在她竟然把平时爱说笑的何欣月气得大发雷霆，她从未见过这么生气的何欣月。

夏梦忍不住伤感和委屈，颓然跪在地上痛哭，哭了大半个晚上。

接下来的日子，何欣月把夏梦当作陌路人，不理不睬。夏梦搜集了很多笑话，故意在何欣月面前说，何欣月坚持不笑，强忍得很辛苦，当快要爆笑的时候，便急急跑开，绝对不在夏梦面前笑，她要夏梦知道她仍在生气。

除了何欣月不理睬夏梦之外，嫉妒心作祟的菲奥娜和于婷婷也处处挖苦夏梦，开口闭口都把夏梦称为明日之星、画坛新贵，夏梦从没想过被人称赞也会这么难受。

一向我行我素的杜鹃并没有对夏梦落井下石，但也没有雪中送炭，依然独来独往，不参与这场女生之间的冷战。

结果，宿舍里唯一还会跟夏梦交谈的人就只有卢静雅了。夏梦为了生日会的事向卢静雅道歉，卢静雅并没有责怪她，也没有生气，反而安慰她说时间可以冲淡怨恨，叫她忍耐着，过几天大家就会把一切淡忘，不会再针对夏梦。

夏梦听了卢静雅这番话，心里好过了一点儿，可是卢静雅的预言没有应验，几天之后，夏梦遇到了更大的伤害。

5

阴沉的天色似乎预示着不好的事情将要发生。

这天正好轮到夏梦当值班宿舍长，当天下午学校领导要挨个视察宿舍楼的卫生情况。平时床铺最凌乱的夏梦大为紧张，早上出完早操回到宿舍就连忙开始收拾，并提醒大家做好宿舍卫生，可是除了卢静雅之外，没有人理会她。

"没关系，我是值班宿舍长，就让我来帮大家打扫吧。"夏梦决定用热情来融化大家的心。她勤快地把宿舍打扫好，便匆匆赶去上课。

几节课过后，宿舍大检查的时间到了，冰瑾坤校长亲自带着学校几位主要领导来到宿舍楼视察卫生情况，并逐个宿舍仔细检查。

身为值班宿舍长的夏梦胸有成竹地赶到宿舍门外迎接，她信心十足，皆因她自认已经把宿舍打扫得从未如此整齐洁净。

领导们先后检查了几个宿舍，发现卫生情况只是中规中矩，接着来到夏梦的宿舍的时候，夏梦主动为领导们开门，"各位领导，请检查。"

校长很满意夏梦的态度，充满期望地步入宿舍，其他领导也跟着进去，马上就传出了惊讶的叫声，夏梦以为一定是宿舍太过整洁吓了大家一跳。但接着又听到校长在房里怒问："这是谁的床？"

夏梦开始感到不妙。未几，只见校长怒气冲冲地走出来，当着其他领导的面狠狠斥责汪美林管教不力。校长和汪美林老师不约而同地瞟了夏梦一眼，然后继续检查其他宿舍。

夏梦不明所以，连忙走进房间查看，简直不敢相信自己的眼睛，因为夏梦的床铺只能用"惨不忍睹"来形容，枕头被子歪七扭八不说，床铺上面竟然还放满了零食、衣服、内衣、袜子、纸团，甚至垃圾等，情况比平时不打扫的时候更脏更乱。

第二天，校长在全校大会上点名批评了夏梦，周遭同学都对夏梦戳戳点点，害得夏梦不敢面对大家的目光。后来夏梦更被汪美林老师叫去训话，汪老

师罚她收拾一个月的画室和宿舍。

"为什么会这样？我明明把我的床铺收拾得很整洁的。"夏梦一边收拾画室，一边喃喃自语。

恰巧杜鹃回到画室取东西，听到夏梦在自言自语，杜鹃忍不住嘲笑道："你到现在还不知道发生什么事？"

"发生了什么事？"夏梦一脸茫然。

"以前你在她们心目中只是一个平庸、没有杀伤力的女生，所以她们对你还算亲切友好。可是山鸡一旦变成凤凰，身边的人并不是都能接受的。"杜鹃冷冷地说。

"你的意思是有人妒忌我，所以捉弄我？"夏梦诧异地问。

杜鹃没有回答就走了。

杜鹃说的话是真的吗？身边的同伴都不再喜欢我，不想跟我做朋友了吗？夏梦实在不愿意相信。她宁愿自己真的因为忘记收拾床铺而受罚，甚至罚得更重，也不希望失去任何一个朋友。

到了晚上，夏梦又一个人清洁宿舍走廊的地板。夏梦感到很伤心，不是因为被罚，而是她觉得自己已经被孤立了，异常孤单和失落。

就在夏梦情绪最低落的时候，舒琴拿着一个拖把跑过来，"小梦，我来帮你啦！"

"舒琴？"夏梦喜出望外，但马上又劝舒琴离开，"老师罚的人是我，不是你，况且这边是美术班的宿舍，又不是音乐班，你没有必要来帮美术班拖地清洁的。"

但舒琴二话不说就已经开始拖地了，"你这样说是不把我当朋友了啊！"

"舒琴……"夏梦看着她这个最好的朋友，眼眶溢满了泪水。

"待着干吗！我来帮你，不代表你可以偷懒不做啊。"舒琴催促着夏梦。

"知道！"夏梦挥走泪水，拿起拖把拖地，与舒琴一起努力清洁，而且一边拖地一边进行各种无聊的游戏和比赛。夏梦的伤心失落感终于暂时挥去，至少在这一晚的这一刻。

夏梦已经很久没有去林枫的画室了，一来因为被罚做一个月的清洁，没有时间；二来杜鹃的那番话，令她不敢再去。可怜林妹妹周末又恢复一个人练习画画，没有夏梦姐姐陪她玩，更为了此事向爸爸发脾气。

后来一个周末，林枫画室的门铃响起，林妹妹以为夏梦姐姐终于来了，兴高采烈地去开门，怎料原来是夏梦托舒琴把一些参考画籍和画册归还给林枫。

林枫隐隐觉得事情有点儿不对劲，便问舒琴最近夏梦发生了什么事。林枫听了舒琴的讲述后，大概明白是怎么一回事了。

林枫决定再次到艺林附中，指导各人的绘画技术。

飞上枝头变凤凰的机会又来了，各人都使出浑身解数去画，吸取上次的经验，大家这次理应表现得更好，可是林枫逐一点评作品时，却感到非常失望。

"上次你画得非常有自信，但这次你下笔很拘谨，不够果断，自信心全都没有了。"林枫这样评论于婷婷。

自从上次夏梦的画作得到林枫赏识，而自己的作品却没有得到任何评语，于婷婷确实自信心尽失。

"错线很多，不够冷静，整个人很急躁。"这是菲奥娜得到的评语。

菲奥娜一向心浮气躁，加上嫉妒心作祟，又怎能冷静地画出好作品。

接着林枫同时点评何欣月和卢静雅："你们两个都心不在焉，乱画一通，是不是心情不好？"

心事都被林枫看穿了，何欣月和卢静雅显得非常尴尬。

"每一件艺术作品都会展现出创作者的感受和心态，这次我从你们的作品中看到了嫉妒、怨恨、自卑心、彷徨失措等。"林枫突然转向夏梦，"尤其是夏梦，上次你的作品虽然画功很稚嫩，却展现出非常开心的感觉，充满神采。可是这次你的画失去了吸引人的地方，只看到悲伤沮丧，而且画得一

塌糊涂。"

"你们这次的表现竟然比上次退步了那么多,令我非常失望。"林枫狠狠地批评道。

大家都低头反思,为什么情况会变得这么糟糕?为什么要嫉妒夏梦?为什么要怪责和排挤夏梦?结果为了小小的一件事情令大家都失去了作画的热诚。

此时,林妹妹也带着自己的作品跑进来,"夏梦姐姐。"

"小师姐,怎么你也来了?"夏梦十分惊喜,兴奋地抱起林妹妹。

大家都很愕然,弄不清楚到底是怎么一回事。

"夏梦姐姐,你是不是怪我上次装肚子痛骗你来画室陪我,吃了我做的曲奇饼干拉肚子,所以不再来陪我画画了?"林妹妹可怜地问。

"当然不是。"夏梦连忙安慰她。

"爸爸说已经找不到跟我的画风差不多幼稚的人来陪我一起练画了。"

林妹妹的话令夏梦非常尴尬,在场的同学们听到却忍俊不禁。

林枫向大家介绍说:"她是我的女儿,叫林妹妹。"

"爸爸,刚才我在外面等你的时候也画了一幅画,你给我评分吧。"林妹妹把自己画的画递给林枫。

大家看到那幅画,都感到很惊讶,因为确实跟夏梦平时的画风很相似,尤其是上次夏梦画的那幅装鬼脸女孩。

"嗯,这次你画得比姐姐好,你比她分高。"林枫赞扬女儿的画作。

林妹妹高兴不已:"哈哈,我画得比姐姐好。"

大家终于明白了,原来夏梦是因为画风跟林枫的女儿很像,所以林枫才找她陪女儿一起练习画画。

"你们画得也不错,不过跟我和夏梦姐姐相比,还是差一点点。"林妹妹以小师姐的语气点评其他人的画作。

夏梦生怕自己与同学们的矛盾会加深,连忙拉住林妹妹,捂住她的嘴,堆笑解窘："哈哈哈……她只是开玩笑啦。"

其实大家又怎会为了一个小女孩说的话而生气，大家只觉得林妹妹很可爱，都被她逗得大笑起来。

结果，一场嫉妒引起的风波就在笑声中化解了。

可是，某个阳光灿烂的下午，李铮突然紧张地拉着夏梦跑到男生宿舍，"跟我来，我给你看一个东西。"

"喂！到底看什么啊？"夏梦大惑不解。

李铮把夏梦带到自己的宿舍，关上门，然后打开笔记本电脑，播放一个片段。

"我不看！我不看！"夏梦认为一定是什么恐怖吓人的录像，掩着眼睛不敢看。

李铮拉开她的手逼她看，原来是学校的防盗监控录像。

"我入侵了学校的闭路电视监控系统，看到宿舍楼大检查那天上午的片段。"

夏梦从画面看到菲奥娜蹑手蹑脚地离开教学楼，跑回宿舍楼。

"你记不记得，当天上午上课的时候，菲奥娜向老师说肚子痛？"李铮摆出侦探般的姿势和表情。

当日上午上课期间菲奥娜突然幽幽地说："于婷婷，我肚子痛，你陪我去医务室。"

于婷婷完全看不出菲奥娜有丝毫疼痛的迹象。可是当菲奥娜向老师举手的时候，"痛"就马上来了，她用另一只手捂着肚子，呻吟着对老师说："老师……我肚子很痛，要去医务室……"

汪美林老师很关心地问："你没事吧？要不要找个同学陪你去？"

"我来吧。"于婷婷马上扶着菲奥娜离开教室。

走出教室后，菲奥娜马上又变得生龙活虎，拉着于婷婷拼命跑。

"你去哪儿？你不是肚子痛吗？"于婷婷吃惊地问。

菲奥娜左右看看，确定没有人，才在于婷婷的耳边说："我们返回宿舍，把夏梦的床铺搞乱。"

于婷婷闻言吓了一跳，"这样不太好吧。"

"你不想挫挫她嚣张的气焰吗？你看不到她现在把自己当成大画家那副嘴脸吗？"菲奥娜极力怂恿，"反正她的床铺本来就是凌乱的，知道有检查才收拾。我们现在只是帮她还原，让大家看到她的真面目。"

可是一向循规蹈矩的于婷婷实在做不出这样的事。

"你不去没关系，你帮我去医务室拿胃药，有人问起就说我去上厕所了吧。"

菲奥娜说完便匆匆跑往宿舍楼。她悄悄回到自己的寝室，发现夏梦把寝室打扫得非常整洁，就连菲奥娜桌上的文具杂物也摆放得很整齐。菲奥娜抓紧时间，马上翻动夏梦的床铺，又把夏梦的零食、衣服、内衣、袜子、纸团、垃圾等铺满在床上，把夏梦的床铺还原平日的模样，甚至夸张好几倍。

任务完成后，菲奥娜在于婷婷的搀扶下返回教室，完全不着痕迹，计划天衣无缝。

虽然此刻李铮和夏梦依然不清楚这个"犯案"过程，但单凭菲奥娜生龙活虎地跑去宿舍楼这个片段，几乎可以肯定菲奥娜当天是假装肚子痛，然后回去宿舍把夏梦的床铺搞乱。

"怎么样？这是有力的证据，看在大家同学的分上，我就……"李铮正想向夏梦索价的时候，夏梦竟然在键盘上敲了几下，把文件夹永久删除。

"你干吗？"李铮惊讶地问。

"难得事情告一段落，我不想再追究了。"夏梦大方地说。

"可是你也不用把整个文件夹删掉呀，你把我辛苦做了几天的功课也永久删除了！"李铮激动地大叫。

夏梦瞪大了眼睛，"呀，我记起我今天要去林枫老师的画室，再见。"

夏梦匆匆跑掉，李铮追着她，"别逃呀你！"

第五章

严禁谈恋爱

Bainbua Duo Duo，
Wo Shi Yishensheng

夏梦突然感到背后有一股寒意袭来，回头一看，只见卢斌拿着一根树枝回来了，居高临下地俯视着自己。

1

风和日丽的下午，艺林附中教学楼每层的走廊上，都整整齐齐地并排站满了人，蔚为奇观，他们都是犯了校规被罚站的学生。

这个学年过了差不多一半，学生们已经熟悉学校的环境和教学模式，纪律亦渐见松散，因此学校决定整肃纲纪，严格执行校规。不少学生受罚，每天在教室门外罚站的人不计其数，今天还包括夏梦、菲奥娜、李铮、何欣月和杜鹃。

"只是肚子饿泡个杯面吃吃而已，这也要罚站，太苛刻了。"何欣月愤愤不平。

"穿这身衣服上课有什么问题？我们是美术班啊，对美是有要求的，难道一定要穿那么丑的校服上课吗？"菲奥娜一脸不屑地说。她穿了一身甜美范的小洋装，站在其他穿着校服的同学之间特别扎眼。

李铮在课堂上玩手机游戏被老师抓住了，罚站之外，手机也暂时被没收。至于经常旷课的杜鹃，罚站对她来说已是家常便饭。

最可怜的是夏梦，她只是因为上课时打瞌睡而被罚。

如今仍保持着清白之身，一次也没有被罚过的就只有美术班的于婷婷、卢静雅，以及音乐班的卢斌、冰蓝纱。

在学校"严打"的这段日子里，大家都人心惶惶，做每件事都小心翼翼，但没想到竟然还有人敢在这个非常时期挑战学校的天条——严禁谈恋爱。

事发于某天下课后，清洁阿姨在音乐班的教室里发现一封情书，虽然内容尚算含蓄，但校方认为事态严重，冰瑾坤校长责成各班主任好好"辅导"一下他们班里的学生。所以这天汪美林老师花了一节课的时间给大家"辅导"，她劈头第一句就问："那封情书是你们写的吗？"

原来那封情书的上款下款都没有署名，而且内容比较含蓄，到底是男生写给女生的，还是女生写给男生的，都不能确定。

"情书是在音乐班那边找到的，跟我们无关啊。"美术班的同学们连忙跟事件划清界线。

但汪老师继续探问："说不定是你们写了，然后送到音乐班去的呢？"

其实汪老师这样假设也不无道理，毕竟校内两大风云人物卢斌和冰蓝纱都在音乐班，别班的学生送情书过去也不足为奇。

汪老师多番探问也问不出任何线索，便只好用余下的课堂时间向大家灌输早恋的坏处。经过半个小时的深入讲解之后，大家甚至觉得早恋犹如杀人放火一样邪恶，绝对不敢以身试法。最后汪老师再三强调，学校严禁学生谈恋爱，一旦发现，必定重罚。

女生们回到宿舍后立刻议论纷纷，夏梦更把舒琴拉过来充当音乐班消息人士，向舒琴八卦一番。

"那封情书到底是怎么一回事？在哪里找到的？"大家着急地问。

舒琴如实透露："是在卢斌的座位附近捡到的。"

女生们像发现什么惊世秘密一样尖叫起来，但其实自己也不知道有什么好惊讶的。

"那是卢斌写的情书吗？"何欣月直觉地问。

"听说字体幼小，比较像女生的笔迹，估计不是卢斌写的，多数是其他女生写给卢斌的。"

女生们又莫名其妙地尖叫起来。

舒琴继续说："其实一直都有很多女生写信给卢斌想跟他交朋友，只是没有被老师发现而已。这次送信的人可能太大意了，没有把信放好，结果掉在地上。"

"舒琴，你这么清楚，是不是也给卢斌写过信啊？"夏梦逗笑道。

舒琴拍打一下夏梦的手臂说："小梦，你拿我开玩笑！"

女生们越说越兴奋，开始猜测着写信的人到底是谁，是音乐班的，还是美术班的？是高年级的，还是低年级的？何欣月更是大开玩笑，胡乱猜测，却竟然惹来平时也挺八卦的菲奥娜的批评："你们别那么八卦好不好？"

何欣月反击道："你不喜欢可以不听啊，那我们就小声地说，不让你听到。"

何欣月故意让大家围成一个小圈，继续偷偷八卦，不让菲奥娜听到。舒琴越说越多，把一些未证实的传闻都说出来了。原来听说卢斌和冰蓝纱两个人从小就定了娃娃亲，一个是校长的千金，一个是名门望族的少爷，而且难得两个人的音乐造诣都那么高，学习上又稳居年级前几名，简直是郎才女貌，天作之合。

她们滔滔不绝说个不停，大赞冰蓝纱是校花级人物，是校园里的潮流风向标，所有女生都会跟风她的穿着打扮，俨然明星一般。眼前有冰蓝纱这样的完美女神，卢斌又怎么会看得上其他女生呢！她们不禁取笑写情书给卢斌的人实在是不自量力。

没想到批评她们八卦的菲奥娜却一直在偷听着，还恶狠狠地反驳她们，说："不见得冰蓝纱有你们说的那么完美，其他人就一定不及冰蓝纱吗？"

菲奥娜如此大反应令大家感到惊讶，不禁疑问："那封信是你写的吧？"

但菲奥娜紧张地否认："你们别乱说啊……卢斌怎么配得上我！"说完匆匆拉起被子转身睡去。

2

市内几所排名靠前的中学每年都会合办校际运动会，让彼此的学生在运动场上切磋比拼，有点儿像英国牛津大学和剑桥大学之间的皮划艇大赛，可以很好地锻炼身心。

冰瑾坤校长要求每名学生至少参加一个项目，由各班的班长负责提交名单。于婷婷是美术班的班长，这天她在教室里询问各同学的参赛意向。

"推铅球。"于婷婷逐个项目询问大家，要报名的就举手。

何欣月马上举起粗壮的手臂报名，"我参加！"

夏梦看看自己的手臂那么瘦弱，怎么看也不是推铅球、掷标枪、掷铁饼的材料，这些项目还是何欣月比较适合。

"跳高。"于婷婷接着问。

杜鹃漫不经心地举了一下手。夏梦回想起自己以往上体育课练习跳高时，总是学不会背越式动作，每次都以很古怪狼狈的姿势撞杆，惹得全场大笑，所以夏梦绝对不敢报跳高。

"跳远。"

跳完之后浑身都是泥沙，又脏又不美观，夏梦最害怕了。

"一百米赛跑。"

夏梦没有爆发力。

"一百米跨栏。"

上星期的体育课正是学习跨栏，夏梦连续几个栏都跨不过，还跌伤了膝盖，现在瘀青犹在，正担心留下疤痕呢。

于婷婷接连说了许多比赛项目，夏梦发觉都不适合自己，所以没有举手报名。她等待着像乒乓球、羽毛球那样轻松好玩的项目，怎料于婷婷突然说："最后一个项目，五千米长跑，大家不用举手了，没有参加任何项目的同学就归入这个项目。我现在去把名单交给校长。"

于婷婷说完就离开教室了，夏梦想叫也叫不住。她还以为会有乒乓球、羽毛球那样的比赛，没想到自己最后被迫参加了五千米长跑。五千米啊，这要跑多久啊，恐怕跑到第二天天亮，跑至断气了也还没跑完呢。

夏梦不想丢学校的脸，只好利用课余时间加强锻炼，希望在比赛中不要输得太难看。

晚上，她悄悄走到操场去练跑，以为没有人会看到她跑两步便喘粗气的丑态；怎料到了操场才发现不少人都在锻炼，热闹非常。其实他们大部分都是醉翁之意不在酒，而是借练跑来交朋结友，因为最近学校管得太严了，男女同学聊聊天也怕被误会是早恋。所以晚上练跑是个很好的机会，可以让他们边跑边聊天。

夏梦也开始绕着操场慢跑了，她一边跑一边东张西望留意着四周其他人的动静，期望能发现什么八卦的事情。

终于被她看到了，前面有两个练跑的人在拉拉扯扯，纠缠不清似的，夏梦马上加快脚步，想走近一点儿看清楚。

夏梦大吃一惊，两个纠缠不清的人竟然是卢斌和李铮。从表面看来，应该是李铮硬拉着卢斌跑步，卢斌似乎很不耐烦，想甩开李铮，但李铮老是缠着他不放。

"李铮跟卢斌到底是什么关系啊？"夏梦大惑不解。

最后卢斌终于摆脱了李铮。李铮看着卢斌离开的背影，慨叹地摇摇头，只好一个人继续跑。夏梦按捺不住好奇心，立刻上前跟李铮并排着跑。

"嗨！真巧啊，在练跑吗？"夏梦一改平时对李铮的恶劣态度，亲切地问。

李铮却冷冷地抛下一句："不，我在游泳。"

夏梦努力压抑着怒火，微笑着问："刚才你跟卢斌在干吗？"

李铮没有回答，反过来问："我说你跟着我跑干吗？老师说过不准谈

恋爱的。"

夏梦终于忍不住爆发了："喂！你这样说是什么意思啊？我明明在问你正常的问题，你联想到哪里去了？"

"学校对早恋惩罚很重的，我劝你还是别打我的主意了。"李铮说罢便加速向前跑去。夏梦气得咬牙切齿，恨不得冲上去揍李铮一顿，可是李铮跑得太快了，夏梦怎么追也追不上，气愤不已。

接着几天，夏梦依然每晚去练跑。她发觉自己的体能真的很不济，跑不了几圈就已经上气不接下气，由慢跑变成慢爬了。夏梦不想太多人看到自己的丑态，便开辟其他练跑的路线。这天她跑到学校的后花园，竟然发现卢斌鬼鬼祟祟地躲在一棵大树下。夏梦也立刻躲起来，远远偷看着，观察卢斌在干什么。

卢斌似乎在埋头写些什么，夏梦心里马上浮起许多疑问，为什么卢斌不在宿舍里写，要躲在这里写？卢斌到底在写什么？难道是情书？那么清洁阿姨在卢斌座位附近捡到的情书很有可能是卢斌写的。他是给谁写的情书呢？冰蓝纱吗？一大堆的问题夏梦都无法想通。她唯一能确定的是，卢斌写信时的情绪非常低落。

夏梦连续几晚都看到卢斌躲起来写信，卢斌的脸色一天比一天难看，夏梦开始怀疑卢斌是不是失恋了，所以每天写情书去挽回。夏梦很好奇信里面写的是什么，她甚至向同学借来望远镜，从不同的角度偷看，可是都没成功。

后来有一天晚上，卢斌终于不再写信了，但举动却更惊人，他竟然在烧信。他抱着一大堆信，一边痛哭，一边把信扔进铁桶里烧掉，虽然不知道所为何事，但夏梦看着卢斌那么悲伤地哭，自己也几乎被感染得要落泪。夏梦心想，卢斌是不是被拒绝了？连他也会被拒绝吗？

卢斌一下子把信全扔进铁桶里，然后转身离开。夏梦在卢斌走后，马上跑向铁桶，用手中的瓶装水浇熄了火，再从铁桶里找到还没完全烧毁的信来看。夏梦一看，感到非常意外，声音颤抖地说："原来这些信是写给……"

夏梦突然感到背后有一股寒意袭来，回头一看，只见卢斌拿着一根树枝回来了，居高临下地俯视着自己。原来卢斌刚才并非离开，只是去捡树枝来搅动灰烬。夏梦十分尴尬，不知所措，只能慌乱地道歉："对……对不起。"

3

夏梦实在没想过卢斌会向她诉说心底的秘密。

"今天是我弟弟的忌日，可是……"卢斌声音哽咽，几乎没有办法说下去，"可是……我却没有资格跟父母一起去祭拜弟弟。"

坐在长椅上的卢斌终于情绪崩溃，他弯腰低头，双手捂脸，抽搐并啜泣着。夏梦坐在旁边不知所措，只能轻拍他的肩膀，安慰着他。

原来今天是卢斌弟弟的忌日。

夏梦还以为那些是情书，一时八卦才会翻来看；没想到那些竟然是卢斌出于思念写给已过世的弟弟的信件。夏梦实在无意触及卢斌心里的伤痛。

不过卢斌并没有责怪夏梦，反而在心灵最脆弱的时刻向夏梦敞开了心扉，吐露自己不堪回首的一段往事。

卢斌一直在温室中长大，从小就备受父母呵护，没有承受过任何痛苦，过着非常幸福的生活。可是直到三年前，父母一次外出应酬，让他看管好三岁的弟弟。

那时卢斌仍是个非常贪玩的小孩，而且沉迷于网络游戏，结果他因为专注于网络游戏没有看管好弟弟，以致于弟弟爬到窗口从十一层的高楼上坠下身亡。卢斌内疚不已，父母为弟弟之死更是伤心欲绝，虽然明白这是一起意外，但始终无法挥去卢斌没有看管好弟弟，导致弟弟死亡留下的阴霾。自此父母与卢斌的关系日渐疏离，无论他如何绞尽脑汁练琴拿奖都无法获得父母的关注，尽管衣食无忧却享受不到亲情的温暖。

实在太悲伤了，夏梦听完也哭起来，甚至比卢斌哭得更厉害。她终于明白为何之前她从阳台爬下来时，卢斌会那样情绪失控，原来夏梦勾起了卢斌弟弟坠楼的惨痛回忆。

"不要太难过，事情已经过去了，你要重新振作。"哭得更厉害的夏梦在安慰卢斌。

"你们在干吗？"突然传来一个熟悉的声音。他们抬头一看，原来是李铮。

"你们两个都哭成这样子，是不是……"

夏梦非常紧张，因为她知道李铮这家伙联想力丰富，嘴巴又讨厌，肯定没什么好话说出来。夏梦正要解释清楚，可是李铮已经开口了："卢斌把他弟弟的事情告诉你了？"

夏梦没想到李铮这次会变得如此严肃认真，更没想到原来李铮早就知道卢斌的秘密往事，夏梦愕然地问："你一早就知道？"

"嗯。"李铮点点头，"我跟他，还有冰蓝纱都是小学同学。我俩是同桌，所以特别熟络。每年到了这个时候，他总会情绪低落，所以这几天我一直拉着他去跑步、做运动，希望他可以抛开所有悲伤和烦恼。"

夏梦从没见过如此严肃认真的李铮，看来卢斌和李铮的友情匪浅，就像夏梦与舒琴的关系一样。而夏梦对李铮的看法亦开始有点儿改观了。

这时，李铮突然拉着卢斌和夏梦站起来，"来吧！一起去跑步，跑步可以令人放松，心情开朗。"

"好呀！我们一起跑！"难得夏梦这次附和李铮，与他一起拉着卢斌去跑步。

他们三个人不理旁人的目光，手拉手跑向操场，互相拉着对方跑步，不让任何一个人停下来，谁也不可以去想伤感的事情，此刻就只管跑，专心地跑，享受脑袋放空的感觉。

夏梦以为卢斌跑完这场就能解开心结，可是卢斌的心情只放松了一个晚上，到了第二天，他又恢复近日的低落情绪。夏梦每次在校园里碰到他，他总是低着头，愁眉不展，避开所有人的视线。夏梦从李铮的口中得知，卢斌这种状态一般会维持两三个月之久。

夏梦对卢斌既同情又担心。她最怕看到别人愁眉苦脸了，希望人人都可以

笑口常开。所以夏梦很想帮他，只是不知道自己可以怎样做。此刻她独自在宿舍里想着卢斌的事情，手里拿着画笔，不自觉地画了一张张卢斌的肖像，而且每一张都帮卢斌画上笑脸。夏梦突然想到一个好主意，她要画许多许多有着不同笑脸的卢斌，画够一本画簿就送给卢斌，希望卢斌看了之后，也会像画中那样愉快地笑。

夏梦对自己这个方法非常有信心，因为她的画作一向是众人的欢乐源泉，谁看了她的画作都忍不住会笑，之前的林枫事件就是最佳证明。夏梦信心满满，开始画画，每天任何时候，只要有小小的空闲时间，就拿出画纸画笔，画下一两张卢斌的笑脸图，虽然现实中她看到的卢斌是愁眉苦脸的，但夏梦要用画笔改变世界。

某天午饭后的休息时间，夏梦躲到后花园的长椅上，偷偷画着卢斌的笑脸图，只差一张她就把一本画簿画满了。

"小梦！原来你在这儿。"何欣月和舒琴突然匆匆地跑过来。

夏梦连忙把画簿收起，"什么事？"

"你知不知道，有两名初三的学长学姐刚刚因为谈恋爱被开除了！"原来何欣月和舒琴是来讲八卦的。

据她们打听到的消息，是初三美术班的班主任先在艺术楼意外发现那个女生跟那个男生态度亲昵，后来又在他们的书包里发现许多没有文字却用图画示爱的情书，致使两个人恋情被曝光，双双遭开除。

虽然大家都知道艺林附中对早恋学生的惩罚一向严苛，但对于夏梦这些新生来说，目睹有人因此被开除还是头一次，感到非常震撼。此事件在校园亦引起轩然大波，汪美林老师也向班里的学生们一再强调千万不要触犯"天条"，使得大家每天都步步惊心，尤其女生们都不敢接近卢斌，因为任何女生接近卢斌都很容易被误会是犯花痴，想跟卢斌交往。

就连夏梦也被吓得紧紧地抱着那本画簿，因为画簿里画满了卢斌的笑脸图，万一被发现，真是跳进黄河也洗不清。夏梦趁没人看见的时候，把画簿塞进李铮的怀里，命令道："帮我交给卢斌！"然后便匆匆离开了，留下莫名其妙的李铮。

4

星期五晚上，菲奥娜因为有点儿头晕不舒服，所以留在宿舍休息，没有回家。周末醒来，又感到头痛，可是她自己没有止痛药，只好从其他室友的物品里找止痛药。

菲奥娜打开了夏梦的抽屉，很没礼貌地随意翻动夏梦的物品，她发现了一些皱巴巴的画纸，上面画的全都是卢斌的笑脸，一看风格就知道是夏梦画的，而且应该是画得不满意，从画簿上撕下来，却又不舍得丢掉的画稿。

菲奥娜看得怒目圆睁，"原来夏梦也暗恋卢斌。哼！之前还说我不自量力，你不是更不自量力吗！"菲奥娜狠狠地把画纸揉成一团，掷回原处，然后乱翻一通也找不到止痛药，便换衣服打算回家。

菲奥娜走出宿舍时，看到门外放着一个礼品盒，打开来里面居然是一条绝美的纱裙。菲奥娜以为是谁偷偷送礼物给自己，正高兴之际，却发现有一张卡片，从内容可以看出礼物是送给于婷婷的，并约于婷婷周日黄昏在操场小树林见面，不过字条上没有落款，不知道是谁送的。菲奥娜得知礼物不是送给自己的，马上不屑地把礼物丢回原处，转身离开。可是她没走几步又突然停下来，回头看着那份礼物，阴沉地一笑，似乎想到了什么坏主意。

星期天下午，夏梦返回学校宿舍，竟发现床上放着一个礼品盒。她十分惊喜，连忙打开礼品盒，看见里面原来是一条很漂亮的纱裙，附有一张字条，字条的内容是约她周日黄昏在操场小树林见面，而令夏梦更感到震惊的是字条下面写着"卢斌"两个字。

夏梦受宠若惊，心跳得很快，揣摩着卢斌的意图，"他一定是收到我的画簿，所以想答谢我。"夏梦这样猜想。

可是字条的内容却隐隐表达着倾慕之意，夏梦简直难以置信，卢斌真的对自己有好感吗？怎么一直没有察觉到？夏梦突然想到，一定是卢斌收到她的画簿后，误会了她的意思。

夏梦心乱如麻，犹豫着该不该赴约。从礼貌上说，她是应该赴约答谢的，可是又怕加深卢斌的误会；更怕被别人看到，以为他们在约会，向老师告发就麻烦了。

夏梦思前想后，决定把裙子归还，并向卢斌解释清楚。整个下午，夏梦都在想着如何跟卢斌开口，如何婉转地回绝他。

差不多到黄昏了，夏梦看着那漂亮的纱裙，幻想着自己穿上那裙子的模样，一定非常好看。可是很快就要把裙子还给卢斌了，实在有点儿不舍。她突然想到，不如穿上这裙子拍一张照片留念吧，这样做也不算过分。她从来没穿过这么漂亮的裙子，真的很想试试看。

夏梦终于忍不住试穿了一下，果然非常好看，夏梦几乎认不出自己来，感觉好像变成了另外一个人，心里真是美翻天啦。

夏梦雀跃地晃着裙摆跳舞，又用手机自拍了不少照片。乐够了，当她打算换下纱裙归还给卢斌的时候，怎料发现拉链坏了，裙子脱不下。她十分着急，想尽办法脱下裙子也没成功，又不敢过度用力，怕把纱裙扯破。

约定的时间到了，夏梦想尽快跟卢斌说清楚，只好穿着那件纱裙去操场赴约。她鬼鬼祟祟地潜行到操场，生怕途中被人发现。她看见操场小树林里有一个男生的背影在那里等候着，便马上蹑手蹑脚地走过去。没料到那男生转过身来，竟然是新生才艺秀上跟于婷婷搭档的那个古怪小胖子。

两个人见到对方都很诧异，特别是胖子看到夏梦身上的裙子大惊失色，质问道："你为什么偷穿我送给别人的裙子？"

"什么！"夏梦很惊讶，这裙子原来是这胖子送的？但落款明明写着卢斌啊。

但更令夏梦愤慨的是胖子接着说的一句话："你糟蹋了我的裙子啊！"胖子说时还带着哭腔，好像裙子被夏梦穿了是很大的屈辱一样。

"喂！你这么说是什么意思？怎么证明这裙子是你的？这可是放在我宿舍

的床上，注明是送给我的！"夏梦反击道。

"怎么可能送给你，你根本配不上这裙子，快还给我！"胖子情急之下竟然拉着裙子不放，夏梦与他角力。

就在两个人拉拉扯扯，惹人误会之时，突然感到一股腾腾杀气正在迫近。原来菲奥娜向汪美林老师和行政处黄主任举报有人在操场小树林里谈恋爱，一行三人匆匆赶往操场小树林。

眼看夏梦和胖子将会被当场逮住，突然身穿简陋礼服外套的李铮杀出。李铮拦在夏梦和胖子之间，竟唱起歌剧来："女巫，女巫，快走开！不准对王子伤害！"

夏梦很愤怒，她想李铮是不是疯了，正想骂他的时候，发现汪美林老师他们刚赶到。夏梦急中生智，张牙舞爪恶狠狠地也用唱的方式来回应李铮："你不要乱讲！是否嫌命长！"

李铮像演舞台剧一样，指着夏梦，步步紧逼地说："邪恶的女巫，别以为穿上了纱裙就可以掩饰你的丑恶、狡猾、阴险、凶残……"

汪美林老师终于忍不住打断他们问："哎，你们到底在干吗？"

"哦，老师，你是什么时候来的？"李铮假装错愕，然后说，"我们在排演戏剧。"

"什么戏剧？"

"呃，这部剧作叫《邪恶女巫……假扮公主……吃掉王子》。"李铮临时创作了一个剧目出来。

"你们真的是在排练？"黄主任也质问。

"当然啦，老师找我们有事吗？"李铮反问。

"我们接到举报，说这里有男女学生行为异常。"汪老师说。

李铮大笑起来："哈哈哈，老师不会是怀疑我们吧？难道我们三个一起谈恋爱？哈哈哈。"

"别胡说八道了！"汪老师接着问，"那你们有没有看到其他学生在这里有可疑行为？"

"没有啊，我们在这里排练了很久都没看到。"李铮还故意邀请老师留下来看他们排练，"夏梦接下来有一大段歌曲，老师留下来给点儿意见吧。"

夏梦和老师们都脸色一沉。黄主任说："戏剧我也不懂，而且我还有事要忙，你们自己排练吧，我先走了。"

"我也是。"汪老师也跟着黄主任一起走了。

菲奥娜看了夏梦一眼，深感不忿，然后追着老师解释："老师，听我说……"

李铮松了一口气，夏梦却质问他："你为什么会突然出现？"

原来李铮刚才在阳台上晾衣服，看到了夏梦和胖子在小树林里拉拉扯扯，而另一边又看到汪美林老师他们杀气腾腾，感到不妙，便赶过来营救夏梦和胖子。

李铮也问夏梦和胖子到底发生什么事。当李铮得知原来夏梦以为卢斌收到她的画簿而产生误会时，随即大笑起来："哈哈哈……"

"你笑什么！"夏梦喝止他。

李铮解释道："我一时忘记了，根本还未把你的画簿交给卢斌。"

夏梦知道自己表错情了，尴尬不已，掩着脸跑走。

"喂！我的裙子啊！"胖子锲而不舍地追着夏梦。

后来有一天，夏梦在操场上碰到了卢斌，发现卢斌心情好像愉快了不少，更向着夏梦笑起来。夏梦很高兴，因为卢斌终于走出了阴霾。

夏梦马上找到李铮，问他是不是已经把画簿送给卢斌了，李铮说是。虽然不知道卢斌是否因受了夏梦的画感染而变得开心愉快，但只要看到卢斌不再愁眉不展，夏梦的心情便舒畅多了。

李铮忽然在夏梦的耳边说："你可以放心，你无论送什么，都不会引起卢

斌误会的。"

"你到底想说什么？"夏梦有不祥的预感。

"送画的时候，我帮你问清楚了，卢斌说求学阶段不会谈恋爱，而且他对你完全没有感觉，你不是他喜欢的类型。"

夏梦顿时涨红了脸，追打着李铮，"你到底跟他胡说了什么啊！"

第六章

消失的艺术品

Baihuo Duo Duo,
Wu Shi Yishuzhing

夏梦非常着急地翻箱倒柜寻找吊坠，校长和汪老师的怀疑眼神都落在夏梦身上，显然夏梦的嫌疑非常之大。

1

"爸，为什么我的银行卡没钱了？"菲奥娜对着手机惊呼。

原来菲奥娜的爸爸发现她乱花钱，所以停止每个月存钱到她的银行账户。

"我刚刚网购了很多东西，但因为付不了款，买不到。"菲奥娜向正在美国谈生意的爸爸解释，"我没有乱花钱啊，那些都是必需品，手机、笔记本电脑、包包、衣服鞋袜……"

宿舍里，夏梦、于婷婷、卢静雅等看到菲奥娜因为买不到想要的东西而着急得发狂的样子，都忍俊不禁。

"考试后？不是吧。"菲奥娜被吓得张大了嘴，因为她爸爸为了让她专心读书，说要等到考试后才会继续存钱给她。

这时候，何欣月兴致勃勃地走进来，举起一个拳头说："何欣月的室友们有福了，你们可以得到著名设计师何欣月所设计的限量版名贵吊坠一枚。"

何欣月张开拳头，手上有六枚鹅蛋形的吊坠。

"好漂亮啊，谢谢。"夏梦和卢静雅最为兴奋，马上把吊坠挂在床头和包包上。

杜鹃不喜欢挂着和别人一样的东西，所以随手放到桌上的笔筒里。于婷婷觉得还不错，便挂到了手机上。至于心情不佳的菲奥娜对这种自制的平价饰物丝毫不感兴趣，甚至十分厌恶，干脆趁大家不注意时丢到了垃圾桶里。

某天中午，李铮不知道从哪里打听来的消息，说冰瑾坤校长好不容易游说到某收藏家借出珍贵的艺术品放在学校展览，一来可以让学生增长见识，二来可以增强校园的艺术气氛。李铮还知道，冰校长正把艺术品放到展览厅里，但暂时不对外开放，要给大家惊喜。

夏梦她们被李铮勾起了好奇心，决定跟李铮一起到展览厅去看看，怎料刚来到展览厅门前，校长恰好从里面走出来，跟他们碰个正着。

冰校长诧异地问："你们来这里干吗？"

"呃……我们……"大家都支吾以对，只有何欣月忍不住开口问道："校长，你是不是刚放了什么东西进去？"

"没有，什么都没有。你们是听谁说的？"冰校长紧张地否认。

"那校长你来展览室干吗？"何欣月狡猾地笑着问。

"呃……我……"校长支吾以对，然后责备他们，"我说你们干吗还不去上课？赶快回教室去！"

校长说完便转身离开，夏梦他们也假装转身走，但其实是趁校长不察觉，尝试从展览室的门缝窥探里面。

"你们看到没？"

"好暗啊，什么都看不到。"

"不如把门弄开吧。"

"对，进去看看！"

他们议论纷纷，正准备有所行动之际，突然听到校长的咳嗽声。

"咳咳……"

他们抬头一看，只见校长居高临下地瞪着他们，"你们在干吗？"

"哇！我们上课去！"他们吓了一大跳，马上落荒而逃。

这天下午正好是美术班负责大扫除，他们把艺术楼每一处都打扫得干干净净。晚上回到宿舍大家都累得不行，可是仍对那件艺术品念念不忘。

"到底是什么艺术品啊？我好想看看，好想看看！"何欣月在床上辗转反侧。

"说不定李铮是骗人的，根本就没有什么艺术品。"夏梦上当太多次了，总觉得李铮的话不可信。

"但看校长的反应，一定有什么事瞒着大家，所以应该是真的。"竟然连于婷婷也对那件艺术品深感兴趣。

不过菲奥娜却一脸不屑，冷冷地抛下一句："大惊小怪。"

"菲奥娜，难道你不想看看那件艺术品是什么吗？"夏梦好奇地问。

"我爸每年都从各大拍卖会购入世界知名的艺术品，我家里收藏的艺术品媲美一个小型博物馆。"菲奥娜高傲地冷笑着说，"嘿，你们觉得我会有什么艺术品没看过吗？"

何欣月看不过菲奥娜的嚣张态度，故意刺激她道："我们只知道你现在的银行卡里没有钱。"

何欣月戳中了菲奥娜的痛处，气得菲奥娜鼓起了脸，"你！"

她们也不管菲奥娜，继续讨论那件艺术品，纷纷猜测到底是什么，有的猜是名画，有的猜是古董花瓶，有的猜是雕塑，有的猜是书法墨宝。

杜鹃终于不耐烦地说："烦死了，你们这样瞎猜有什么用？不如直接去看看吧！"

"可是那件艺术品被锁在展览厅里啊。"卢静雅说道。

杜鹃亮出一枚发卡，面露狡猾的微笑，大家都领会到了她的意思，何欣月最为兴奋，立刻从床上跳起来说："好啊，马上去吧！"

可是于婷婷十分紧张："这样不太好吧？"

但杜鹃已经率先出发了，何欣月也拉着夏梦和卢静雅一起跟着跑。剩下的于婷婷和菲奥娜犹豫了一会儿，也跟着去了。

她们蹑手蹑脚地来到展览厅外，却意外地发现展览厅的门微微打开着，而且里面灯火通明，人影憧憧。夏梦十分惊讶："难道有人比我们早一步来偷看艺术品？"

她们悄悄地从门缝窥看，发现校长和几位老师正在里面讨论着什么，一脸惆怅的表情。

她们试着偷听里面的对话，隐约听到校长说："真的不见了，怎么办？"

原来那件艺术品不见了，校长和老师们正在商讨对策。校长提到那件艺术

品相当名贵，赔偿金额会很惊人，而且最担心的是影响学校声誉，怕以后再没有人愿意跟学校合作。

"是不是被偷了呢？"有老师提出疑问。

"但这次展览计划一直保密，只有我们几名教职员才知道。"另一名老师说。

校长突然想到了什么，说："不，还有人知道。"

"是谁？"老师们问。

夏梦她们已经感到不妙。校长严肃地说："美术班的几名学生。"

汪美林十分惊讶，连忙为学生辩护："不可能的，我没有向他们说过艺术品这件事，而且他们也绝不会偷窃的。"

这时其中一名老师在地上捡起一枚吊坠交给校长，"校长，我找到这个。"

校长仔细看着："嗯，有点儿可疑，很接近摆放艺术品的位置。"

门外的女生们跟里面的汪美林老师看到校长手上的吊坠，都惊讶不已，因为那正是何欣月送给大家的吊坠。

"校长，那吊坠……"汪美林老师战战兢兢地说。

"你认得这吊坠？"校长问。

"我见过我班里的几个女学生戴过这吊坠。"

"带我去见她们。"校长说。

2

在展览厅门外偷听着的夏梦、于婷婷、菲奥娜、何欣月、卢静雅、杜鹃，得知校长和汪老师准备到宿舍查看，马上逃命般匆匆跑回宿舍，幸好途中没有被校长和汪老师逮住。

她们终于回到宿舍，喘着粗气之际，敲门声响起，原来校长和汪老师也赶到了。

夏梦还来不及喘口气就要开门，"校长……汪老师……"

校长看见她们六个人都在喘着粗气，十分奇怪，便质问："你们在干什么？为什么喘成这样子？"

"我……我们刚刚在做瑜伽。"何欣月边说边做出瑜伽的动作。

"是啊，是啊。"其他人也马上做一些瑜伽动作，但心里都暗骂何欣月，说其他运动不行吗？因为她这个谎言，她们被迫要做出各种瑜伽动作来配合，动作非常滑稽，场面尴尬。

"校长、汪老师，找我们有事吗？"卢静雅问。

汪老师拿出吊坠，"我们捡到这枚吊坠，是你们丢失的吗？"

她们立刻用力地摇头摆手说："不是！"

"你们这么肯定？"汪老师对她们的迅速反应感到奇怪，"我记得你们也有相同的吊坠，好像是何欣月自己做的，你们每人一枚，包括她自己，对吗？"

"对。"何欣月不能否认这个事实。

"夏梦，可以把你的吊坠给我看看吗？"汪老师问。

"可以呀。"夏梦马上去床头拿吊坠，怎料发现吊坠竟然不见了，禁不住惊呼，"我的吊坠呢？"

夏梦非常着急地翻箱倒柜寻找吊坠，校长和汪老师的怀疑眼神都落在夏梦身上，显然夏梦的嫌疑非常之大。

第六章

消失的艺术品

校长拿着汪老师手上的吊坠，再问夏梦："所以这吊坠应该是你丢失的吧？"

"不是不是！不是我的！"夏梦坚决否认，并加快寻找吊坠。

眼看夏梦这次跳进黄河也洗不清了，何欣月突然大叫："啊！"

夏梦紧张地问："什么事？是不是找到我的吊坠了？"

"我的吊坠也不见了！"何欣月惊叫。

大家感到很诧异，纷纷去找自己的吊坠，令人惊讶的是，她们的吊坠都不见了！

"你们的吊坠竟然同时丢失了？"校长觉得事件非常可疑。

但这时菲奥娜拿着一枚吊坠神气地说："没有呀，我的吊坠没有丢失。"

校长本来以为只要找出丢失吊坠的人，就有机会查出偷窃艺术品的元凶。可是没料到她们中竟然有五个人丢失了相同的吊坠，而菲奥娜却没有丢失，事情变得越来越复杂，似乎每个人都有嫌疑。

"今天我从展览厅出来的时候碰到你们，你们去那里干什么？"校长问。

"我们……只是刚巧路过！"何欣月继续充当发言人的角色。

"校长，发生了什么事吗？"还是杜鹃比较胆大，反守为攻。

"没什么。"校长暂时不想把艺术品失窃的消息泄露出去，以免影响学校声誉，所以他只说，"你们再找找自己的吊坠吧，过几天我会再找你们，看看这吊坠到底是不是你们丢失的。"

冰校长和汪老师离开后，大家都继续拼命寻找吊坠，除了菲奥娜，她拿着自己的吊坠，傲慢地说："你们不要装模作样了，到底是谁偷了那件艺术品，赶快招认吧，不要连累别人也被怀疑。"

"菲奥娜，你这样说是什么意思啊？"夏梦问。

菲奥娜指出："事情已很清楚了，艺术品失窃，现场捡到了何欣月自制的吊坠，而刚好你们的吊坠又不见了，可以肯定你们其中一个就是偷窃者，甚至可能你们一起合谋偷窃，不然怎会那么巧，一同丢失了吊坠。"

"菲奥娜，你不要乱说，你怎么可以连自己的同学也不相信？我们怎么会偷东西呢！"夏梦坚定地说。

"那么值钱的艺术品，对穷人的诱惑实在太大了，而且你们的嫌疑都很大。"菲奥娜态度傲慢，逐一瞄着她们说，"一个是男人婆，平时癫癫狂狂，什么都有胆做。一个奇装异服，拿一枚发卡就能打开门锁，都不知道是不是惯犯。还有一个又蠢又钝的，偷窃时丢失了自己的吊坠，绝对是她的一贯作风。"

菲奥娜明显是针对何欣月、杜鹃和夏梦说的，气得她们咬牙切齿。但菲奥娜仍继续说："其余两个虽然表面是乖乖女，但谁能保证她们内心不是一个偷窃狂？"

何欣月终于忍不住反击："我们的吊坠都不见了，怎么偏偏只有你的吊坠还在？我觉得你才最可疑呢。"

"哼，我不跟嫌疑犯说话。"菲奥娜转身回到自己的床上去。

菲奥娜刚才质疑各人是嫌疑犯的那番话实在太过分了，引起大家的不满，特别是杜鹃和何欣月，更是决定整一下菲奥娜。

翌日早上，菲奥娜用力地拉扯着柜子的门柄，几乎把门柄都扯断了，也无法打开柜子。原来她的柜子钥匙不见了，开不了柜子，没法从柜子里取画具。

菲奥娜难得低声下气地请求杜鹃："杜鹃，你用发卡帮我打开柜子吧，我要拿画具上专业课。"

杜鹃却负气说："对不起，我已经'金盆洗手'，不再干这种事了。"

何欣月听了忍不住笑出来，夏梦看得出她们是在故意捉弄菲奥娜。

结果菲奥娜上专业课的时候四处借画具，遭到了班主任的训斥。

到了晚上，菲奥娜突然发狂似的惊叫："哇！壁虎呀！"

原来当她钻进蚊帐准备睡觉时，竟发现床上有一只壁虎，吓得她花容失

色，整个人滚跌在地上。

菲奥娜慌张地跑到何欣月旁边，用力抓着何欣月的手臂，哀求道："快帮我赶走那只壁虎，你不是很喜欢抓壁虎的吗？"

岂料何欣月却说："抓壁虎这么粗鲁的事情我怎么会做？人家可是在学习做一个淑女，不再做男人婆了。"

何欣月的刻意捉弄，害得菲奥娜一晚上都不敢回床上睡觉，可是她又累又困，不知道该怎么办。后来还是夏梦好心让菲奥娜到她的床上睡觉，她则到音乐班的宿舍找舒琴凑合了一晚。

舒琴听夏梦讲了事情的始末，舒琴也很好奇地进行推理，跟夏梦一起分析到底谁是偷艺术品的元凶。虽然最后也没法分析出结果，但夏梦坚信，她们当中没有一个是盗贼，绝对没有。

3

艺术品失窃事件仍然悬而未破，冰校长到保安室查看闭路电视录像，希望能找到些线索。

但艺林附中毕竟只是一所中学，安保要求不高，所以闭路电视的覆盖面也不是很全面，主要监察各大楼的出入口和各楼层的楼梯口，可惜并没有一个录像镜头是监察展览厅内外情况的。

校长只能从大楼的出入口和各层楼梯口的录像来推断当时的情况。当天下午正好轮到美术班负责大扫除，其他班的学生都提前下课，回宿舍里自习。美术班的学生分散到校园各处进行清洁，从录像所见，当日下午曾经去过展览厅那一楼层的学生只有几个，他们都在不同的时间里进进出出该楼层，进行清洁。可惜录像镜头看不到他们谁偷偷进过展览厅，但校长清楚看见，曾进出该楼层的几名学生，恰好就是夏梦、于婷婷、菲奥娜、杜鹃、何欣月、卢静雅，再加上一个李铮。校长深信，偷窃者应该就在他们七个人当中。

菲奥娜自从上次说了那番伤害室友们的话后就很悲惨地遭到大家孤立，而且经常遭遇大大小小的恶作剧，让她十分困扰。每天上床睡觉前她都要检查一下有没有壁虎、蜘蛛之类的入侵者，早上醒来又担心衣柜被锁，不能换衣服上课。

菲奥娜投降了，她为了缓和跟室友们的关系，决定请大家去必胜客吃饭。但她机关算尽，竟然只请了何欣月、杜鹃和夏梦，考虑到自己的银行卡已经被父亲停用，为了节省不必要的开支，她没有请卢静雅和于婷婷，因为她知道这两个人性格比较随和，没有生她的气，所以就不用献殷勤了。

那是个清爽的周末下午，菲奥娜与她们三个人来到必胜客，何欣月毫不客气，二话不说就点了两个最贵的比萨，然后意粉、焗饭都是选最贵的，还点了一大堆小吃、甜品，每人再来一碗蘑菇汤，等等。

何欣月疯狂地点餐，气得菲奥娜霍地站起来，咬牙切齿很想痛骂何欣月一番。但她强忍着不发作，不停地试着深呼吸让自己冷静，夏梦、何欣月、杜鹃都呆呆地看着她。

"你干吗？"何欣月故意问。

"我……上厕所。"菲奥娜转身上厕所去，她需要冷静一下。

菲奥娜离开后，何欣月马上大笑起来，杜鹃也觉得大快人心。可是夏梦却觉得有点儿过分了，劝说她们："欣月，不要这样。难得菲奥娜也愿意低声下气请我们吃饭，我们就原谅她上次出言不逊吧。"

"你担心什么，她家里那么有钱，这些对她来说只是小菜一碟啦。"何欣月说。

"可是你不记得她的银行卡已经没钱了吗？"

"对啊！"何欣月突然紧张起来，"等下她会不会说自己没带够钱，然后要我们买单？"

何欣月连忙翻菲奥娜的包包，夏梦紧张地阻止："你干吗？"

"看看她有没有带钱。"何欣月解释。

"你不可以乱翻别人的包包，万一被菲奥娜知道就麻烦了。"

何欣月与夏梦拉扯之际，菲奥娜包包上挂着的吊坠突然掉在地上。夏梦连忙拾起，却发现吊坠上有一道裂痕，担心地说："摔烂了。"

"不是摔烂了，那是我特别设计的小门，用来放东西的，你们不知道吗？"何欣月示范着把吊坠的小门打开，里面果然是一个收藏小物件的空间。

夏梦更发现小空间里竟然藏着一颗像牙齿的东西，马上问何欣月："这是什么？你送给我们的赠品吗？"

"没有啊，我送的所有吊坠里面都是空的，没有放东西，这个应该是菲奥娜自己放进去的。"

何欣月拿出那颗牙齿状的东西好奇地看着，但夏梦紧张地抢回来，放回原处。因为她很了解菲奥娜的性格，菲奥娜决不容许别人偷看她的东西，即使不小心碰到也可能要赔偿天文数字的金额。

杜鹃瞄到菲奥娜从厕所走出来，夏梦便匆匆把吊坠和包包放回原处。

菲奥娜回来了，看见各人的神情有异，不安地问："怎么了？你们又点了什么菜吗？"

"没有呀，没有呀，嘻嘻。"夏梦只顾傻笑，不敢提起吊坠的事。

但何欣月始终按捺不住好奇心，探问菲奥娜："对了，菲奥娜，给你做一个心理测验，如果让你把一件重要的东西放进我送给你的那枚吊坠里，你会选择放什么？"

夏梦立即用手肘撞了何欣月一下，责怪她乱说话，很容易会被菲奥娜发现她们打开过她的吊坠的。

但没料到菲奥娜的反应竟然是不知道那吊坠能放东西。

大家都感到很奇怪，菲奥娜明明在吊坠里放了东西，怎么却说不知道能放东西呢？这么小的事为什么也要说谎隐瞒？

"我根本不会放什么东西在吊坠里，太无聊了。"菲奥娜追问何欣月，"喂，不是说心理测验吗？那测验的结果是什么？"

"结果说明你粗心大意，竟然连吊坠里能放东西也不知道。哈哈哈。"何欣月满脸堆笑地回应，但心里却猜测着菲奥娜为什么要说谎。

回到学校，夏梦、何欣月、杜鹃发现其他班的同学都对她们投以奇怪的目光。原来纸包不住火，艺术品失窃事件已经传遍学校，而且大家知道嫌疑最大的是美术班，因此美术班的学生都遭到歧视和孤立。

这时，李铮突然神神秘秘地跑过来说："爆料，爆料，我打听到一个秘密消息啊！"

夏梦迁怒于李铮，不耐烦地说："男生之中你也太八卦了吧，从哪里来这么多消息啊！"

第六章

消失的艺术品

"就是啊，如果上次不是你告诉我们艺术品的事，我们就不会去展览厅偷看，也就不会在门外碰到校长，现在更不会被人怀疑偷了艺术品。"何欣月数落李铮。

"那算了吧。"李铮转身走了。

但夏梦和何欣月又迅速把他拦住，"说到一半不说下去，你想死吗！"

李铮很无奈，便把秘密告诉她们，原来他知道那件艺术品是什么了，是一位已故著名艺术家的牙齿。

夏梦和何欣月闻言惊呆了，李铮对她们的反应感到莫名其妙。

"牙齿！"何欣月对夏梦说，"原来偷艺术品的人就是菲奥娜！"

但夏梦仍然不相信菲奥娜会偷艺术品，"可能其中有误会。"

"证据确凿，还有什么误会，赶快去抓贼吧！"何欣月立刻跑去找菲奥娜。

"等等啊！"夏梦亦马上追去。

她们在宿舍楼外面找到了菲奥娜，夏梦仍心存一丝希望地问："菲奥娜，你到底有没有偷那件艺术品？"

菲奥娜反应非常激烈，破口大骂："你不要胡说！我菲奥娜会偷东西吗？我菲奥娜需要偷东西吗？"

"可是你最近不是银行卡没钱，所以很烦恼吗？你会不会因为没钱花，所以铤而走险……"夏梦不好意思地问。

何欣月着急不已："还跟她说那么多干吗？直接拿证据给校长吧！"

何欣月突然把菲奥娜包包上的吊坠扯下来，然后用百米短跑的速度奔向校长室。

"喂！你干吗！"菲奥娜愤怒地追着她。

夏梦亦匆匆跟着跑去。

4

何欣月气急败坏地跑到校长室，匆忙得连门也没敲就闯了进去。

"校……校……长……"何欣月气喘得无法说话。

夏梦和菲奥娜也紧接着赶到，只见校长对着她们莫名其妙地笑着。

"校长……你笑什么？"何欣月喘过气来，可以说话了。

"我笑是因为终于找回那件艺术品了。"

夏梦和何欣月非常惊讶，何欣月说："我们还没开口，校长，你是怎么知道的？料事如神啊。"

何欣月打开吊坠，把里面的牙齿交给校长，说："艺术品我们找回来了，更查出偷窃的人就是菲奥娜。"

菲奥娜看到自己的吊坠里竟然藏着牙齿，也呆在当场。

但校长竟然说："给我这颗牙齿干吗？这是谁的牙齿？"

何欣月和夏梦都诧异地问："那件艺术品不就是这牙齿吗？"

"哈哈哈……"校长大笑起来，"那件艺术品我刚刚已经找到了，你们看。"

校长小心翼翼地拿出一颗牙齿给她们看，那是一颗臼齿，而且表面雕了一些花纹。

校长解释道："这颗就是已故著名画家齐大石的牙齿，当年他还在牙齿上雕了图案，技艺超群，很有观赏价值。难得收藏家愿意借给我们学校展览，我竟然没有保管好，差点儿丢失了，幸好现在终于找回了，不然真的不知道怎么赔偿给它的主人。"

校长又把她们的牙齿还给何欣月说："齐大石这颗是臼齿，你们那颗是犬齿，是完全不同的啊，竟然想鱼目混珠欺骗我。"

"我们不是存心欺骗啊，我们真的以为这颗牙齿就是丢失了的艺术品。"何欣月辩解。

夏梦却松了一口气："我都说其中一定有误会，我们虽然有点儿顽皮，但绝对不会偷窃。"

"那这颗牙齿是你的吗，菲奥娜？"何欣月问。

"我……"菲奥娜却支吾以对。

此时，卢静雅从李铮那里得知牙齿的事情，匆匆赶到说："那牙齿是我的。"

原来卢静雅收到何欣月的吊坠后，非常喜欢，便把自己之前去医院矫正牙齿时拔出来的一颗牙齿放在吊坠里，留作纪念。

可是大家越听越糊涂了，怎么卢静雅的牙齿会在菲奥娜的吊坠里？

这时菲奥娜也只好坦白了，原来当天晚上她们得知艺术品失窃，并知道现场遗下一枚吊坠后，匆匆跑回宿舍，菲奥娜在走廊上突然踩到了什么，一看竟然是其中一枚吊坠，菲奥娜为了洗清自己的嫌疑，就捡了那枚吊坠，当作自己的，因为她原本的那枚吊坠早就已经扔进垃圾桶了。

"你竟然把我送你的东西扔进垃圾桶！"何欣月怒不可遏。

卢静雅连忙拉住何欣月，夏梦则尝试转移话题："校长，你是怎么找回那颗牙齿的？"

校长说是刚才他巡视展览厅的时候，无意中发现了桌子底下隐藏着一个可疑的纸团，打开一看，原来是用画纸包裹着的一堆瓷杯碎片，该瓷杯是他当日用来盛放牙齿的，他马上从瓷杯碎片堆里找，终于找出了那颗牙齿。

校长猜测一定是有人误以为瓷杯就是艺术品，不小心打碎了，就把碎片藏起来。

由于现时校内谣言满天飞，校长为了洗清美术班的嫌疑，便把艺术品失而复得的事情通报了全校。

至于是谁把瓷杯打碎的，暂时仍未查出。不过能找回艺术品，大家都兴奋莫名，没再深究其他事情。

翌日早上，于婷婷突然把夏梦拉到一旁说心事。于婷婷战战兢兢地说出了事情的真相，原来把瓷杯打碎的人就是她。

事情的原委是这样的，那天下午打扫卫生时，于婷婷看到周围没人，控制不住好奇心就进了展厅，看到展台上有一个非常精美的瓷杯，以为那就是要展出的艺术品，于是拿下来看，怎料手机突然响起，她手一抖瓷杯掉到了地上。

看到摔碎的瓷杯，她惊慌失措地找到一张画纸，把碎片包在一起，塞到展厅的桌子底下。她心慌地跑回宿舍，却发现手机上面的吊坠不见了，折回去找也太迟太危险。

她灵机一动，便把大家的吊坠都拿走，希望不会因此怀疑到自己头上。可能因为走得太匆忙，把卢静雅的吊坠掉在地上也不知道，所以菲奥娜才碰巧捡到。

夏梦做梦也没想到原来引起一连串误会的人竟然是于婷婷。

于婷婷犹豫再三，在夏梦的鼓励下，终于鼓起勇气去跟校长承认自己的错误。

校长原谅了她，但给她小惩大诫，要她把展览厅打扫干净，并为所有展览品撰写介绍文字。

校长亦向全校公布，做错事打碎了瓷杯的人已经向他承认错误了，但他不打算公布此人名字，给她改过的机会，希望此事告一段落。

不过大家仍然猜测着那个打碎瓷杯的人是谁，不少人都认为是菲奥娜，令菲奥娜气愤不已。

"都说了不是我！"菲奥娜向窃窃私语的学生们严正澄清。

而于婷婷在夏梦的陪同下，也挺身而出承认错误，并向菲奥娜道歉。

可是于婷婷说完也没人相信，大家以为她在开玩笑，依然认定菲奥娜才是打破瓷杯的人，气得菲奥娜想杀人。

这时大家终于明白，一个人的形象并不是一时三刻建立起来的，是经过长

年累月的积累，一旦建立了，就很难改变固有的形象。

　　既然说了大家不相信，于婷婷和夏梦两个人也无能为力，只好让时间来冲淡这件事情。

第七章

免费家教

夏梦从卢斌的眼神里看到了失落和绝望，她大概明白发生了什么事，卢斌的父母没有来参加家长会，即使卢斌取得这么优异的成绩，也得不到家人的关注，这可能比成绩差更让人难受。

1

期中考试结束了，学校在阶梯教室召开家长会，并派发成绩单。

老师希望集中和家长们面谈交流，所以让全体学生在外面等待。

似曾相识的场景，似曾相识的气氛。夏梦还记得大半年前小学毕业派发成绩单的那天，也是跟当时的同学们在教室外等待着领取成绩单。但这次不同的是，老师没有按名次逐一叫他们进教室，而是邀请所有家长一起到阶梯教室听校长和老师们的讲解，然后逐一单独面谈，派发成绩单。

一转眼，夏梦的初中生涯已度过了大半个学年。此刻夏梦与其他同学在阶梯教室的门外等待着消息，大家都显得忐忑不安，非常紧张。何欣月更是不停地来回踱步，令人头昏眼花，心烦意乱。

"我下次一定要好好用功。"何欣月用带点儿后悔的语气对自己说。

她说出了大部分人的心声，考试前总是懒散贪玩，缺乏学习毅力。到考试成绩出来后才知道后悔，发誓下次要努力。但到下次考试来临时，又重蹈覆辙，不断地恶性循环。

"我下次一定要好好用功。"这句话夏梦也说了很多年，现在她严肃认真地再向自己说一次。

大半年前她的成绩由第十五名退步至第二十四名，今年升上初中，竞争更加激烈，成绩不容乐观。夏梦认为如能保持二十四名左右的中游水平已算万幸了。

家长会似乎还要很长的时间才结束，夏梦觉得这里的气氛有点儿令人窒息，便走到教学楼外透透气，结果撞见坐在石级上情绪低落的卢斌。

音乐班的家长会安排在美术班之前，所以卢斌应该已经拿到成绩单了。夏梦看到卢斌这样失落的样子，不用问也知道他一定是成绩很不理想；这也难怪，因为之前卢斌弟弟忌日的事也影响到卢斌的学习情绪。夏梦估计自己的成绩也好不到哪里，便坐下来跟卢斌聊天，算是同病相怜，互相鼓励。

"一两次的成绩不代表什么，下次好好用功吧。"夏梦安慰卢斌。

卢斌没有特别的回应，只是牵强地苦笑了一下。

夏梦本来是打算安慰卢斌的，但见卢斌不太领情，她就索性把卢斌当作倾诉对象，将自己心里的郁闷尽情倾吐，包括自己不够聪明，读书效率低，学业成绩不好，愧对妈妈，等等。

夏梦看见卢斌手里拿着成绩单，抑制不住好奇心，想向卢斌要来看。

"你放心，大家都是失意者，我不会笑你的。"夏梦极力游说，看卢斌也没有表示反对，便不客气地直接拿成绩单来看。

夏梦打开一看，顿时目瞪口呆，脸红耳热。

"你……你考了……年级第一名？"夏梦难以置信地说。

卢斌平淡地点点头。

"我看你这副失落的样子，还以为你一时失手，成绩很差呢。"夏梦非常尴尬，因为刚才她一直把卢斌当作跟她一样考试失意的同道中人，谁知原来卢斌成绩那么好。

"考第一又怎样？根本没有人在乎。"

夏梦从卢斌的眼神里看到了失落和绝望，她大概明白发生了什么事，卢斌的父母没有来参加家长会，即使卢斌取得这么优异的成绩，也得不到家人的关注，这可能比成绩差更让人难受。

这个时候，背后突然传来一群熟悉的笑声，当中还包括夏梦妈妈的声音。夏梦回头一看，原来家长会已经结束了，家长和学生都陆续离开，但夏梦的妈妈却很受欢迎，被于婷婷、菲奥娜、何欣月、卢静雅和杜鹃簌拥着，言谈甚欢，她们的家长也在旁边笑声不绝。

因为夏梦的妈妈是专业配音员，一开口大家就认出是哪部剧集、卡通片或广告的配音。她还在现场即兴演绎不同的经典台词，让她们猜。

"你吃了没？你吃了没？你今天吃了没？"夏梦妈妈像机器人一样重复地说。

"笨笨糖广告！"何欣月猜到了。

"又抓不到羊回来，是不是想死啊你！"夏梦妈妈很投入地演绎着。

菲奥娜抢答道："狼先生与狼太太！"

"没想到夏梦的妈妈原来做过那么多经典的配音。"卢静雅十分惊喜。

夏梦也佩服妈妈，竟然这么容易就跟同学们打成一片，甚至连高傲的菲奥娜和冷漠的杜鹃都被她逗得哈哈大笑，把原本派成绩单的严肃紧张气氛缓和了不少。

夏梦连忙走过去，战战兢兢地问："妈，成绩单已经拿了吗？"

"小梦，原来你在这儿啊。"妈妈温柔地说，"成绩单已经拿了，考第二十九名，和我预计的差不多啦，没有跌出三十名以外，下次努力点儿应该可以考二十名以内。"

虽然成绩那么差，但妈妈没有过多苛责夏梦，但这样反而更令夏梦自责，觉得辜负了妈妈的期望。

夏梦父亲早年病逝，是妈妈独自将她抚养长大，对她寄予厚望，但妈妈从来不会给她过大的压力，总是用乐观积极的态度来鼓励女儿。

夏梦觉得妈妈很伟大，但也觉得自己很不孝，每次成绩都令妈妈失望，她认真地跟自己说："下次一定一定要好好用功。"

这时妈妈的注意力突然落在卢斌身上，她问："刚才你跟那个男同学在聊天吗？他是谁？"

何欣月热心地告诉她："阿姨，那个人叫卢斌，是音乐班的高才生。听说这次考试他拿到了年级第一名。"

"成绩那么好，看上去斯斯文文，人又长得帅，机会难得啊。"夏梦妈妈登时双眼发光，向卢斌走去，并喊道，"卢斌同学。"

夏梦有种不好的预感，马上追过去，"妈，你想怎样？"

2

"你就是卢斌同学吗？我是夏梦的妈妈。" 夏梦妈妈热情地走到卢斌面前。

卢斌感到很意外，连忙站起来，礼貌地说："阿姨，您好。"

"听说你这次考了全年级第一。"

卢斌含蓄地笑了一下："是的。"

"妈，你在干吗？我们走吧。"夏梦赶到，极力拉着妈妈走，因为妈妈不知道卢斌此刻心情其实很低落，怕她乱说话刺激到卢斌。

"我在跟你的同学聊天啊。"

妈妈挣脱了夏梦的手，又对卢斌说："卢斌，以后请你多多指点一下夏梦，可以吗？"

妈妈还凑到卢斌耳边轻声说："她有点儿笨，成绩不是很好。"

夏梦脸色一沉："妈，我听到了。"

"阿姨，放心吧。夏梦遇到问题的话，我会帮助她的。"卢斌礼貌地回应。

"但记住不能谈恋爱啊。"妈妈突然说出这一句，令夏梦和卢斌都措手不及，他们几乎把今天的早餐都喷了出来。

夏梦和卢斌呆在当场，非常尴尬。

"妈，你又乱说什么？"夏梦紧张地抓着妈妈的手臂，严正投诉。

"我不是乱说的。"夏梦妈妈解释道，"你们这个年纪应该努力读书，不应谈恋爱。虽然我家小梦长得漂亮又可爱，人品又好，性格随和……"

夏梦看到卢斌的脸色变得越来越古怪，尤其当妈妈大赞自己的时候，就像听到什么匪夷所思的事情一样。

"不过，你们现在可以先培养友情，顾好学业，将来大学毕业了，你们想怎么谈就怎么谈吧，我不会反对的。"

夏梦妈妈越说越离谱了，弄得夏梦和卢斌异常尴尬，幸好这时有一个人出现，缓和了气氛。

"阿姨，您好。"李铮突然走过来。

"啊，你是上次跟小梦合演魔术的那个男生吗？"

"是呀，我叫李铮，跟夏梦同桌。"李铮故意炫耀自己的成绩说，"刚刚拿了成绩单，成绩算是满意，美术班第二名，仅次于于婷婷。"

怎料夏梦的妈妈没有留心他说的话，注意力依然放在卢斌身上，拿出手机，问卢斌的电话号码，说以后要多联络。她拿了号码之后，向卢斌和李铮说声再见，便带着夏梦回家了。

李铮感觉自己完全被无视，心里不是滋味儿，他对卢斌说："我下次考试一定要击败你！一定要！"

卢斌一脸茫然，觉得今天的人都很莫名其妙。

离开学校后，夏梦陪妈妈到超级市场买东西，不忘对妈妈埋怨和投诉："妈，你刚才为什么要乱说话啊？尴尬极了。"

"我只是叫你多跟卢斌在一起。"妈妈一边搜寻货品，一边说。

"你想到哪里去了？我跟他只是普通同学。"

"我说你想到哪里去了。我是叫你好好跟他学习，所谓近朱者赤，近墨者黑，跟高才生多些交流，对你学业有帮助。"妈妈边说边把一大堆鱼片和核桃放进购物车。

"哇，不用买这么多吧？最近你爱上吃核桃和鱼片了吗？"夏梦问。

"不是我吃，全部都是买给你的。"

"我？"夏梦很惊讶，因为看这分量够她吃一两年了。

妈妈说这是给夏梦补脑的，并一再跟她强调"笨鸟先飞"的学习理念，提醒她平时要多用功。

说到用功，其实夏梦平时并不算懒，每个星期都会尽量抽时间来温习课本。尤其临近考试的时候更加刻苦，天天温习，就算宿舍熄灯后还常常打着手电筒在被窝里看书。

相反，夏梦从不见同桌李铮用功，下午一下课就去踢足球，自习课上抱本课外读物看个没完，一天到晚都在谈论网游，可是每次考试成绩都稳居班里前三甲。卢斌也是一样，大部分时间用在专业和体育锻炼上，成绩总是全年级第一。

"读书不是靠死啃的，还要懂得正确的方法。所以我才叫你多接近卢斌这样的高才生，从他们身上偷师嘛。"妈妈再次强调。

不过夏梦只把妈妈的话当作玩笑，并没有真正去做，没有特别去接近卢斌。

后来一个周末，夏梦回家的时候，一如既往毫无仪态地跳上沙发，以大字形摊在沙发上，还把袜子脱掉乱扔，跷着二郎腿看电视。

"妈，饭做好了没有？好饿啊。"夏梦嚷着。

"快好了，你们等一下吧。"妈妈说。

你们？夏梦突然有种不祥的预感，而且感受到客厅里有一股奇怪的气氛。

夏梦把头大幅度转向饭厅一看，发现卢斌竟然坐在那里，正呆呆地看着夏梦！而夏梦这副仪态，完全在卢斌面前展露无遗，丑态尽现！

"哇！"夏梦高声尖叫。

"妈，怎么你请卢斌来也不通知我一下？这次我形象尽毁了。"夏梦走进厨房向妈妈投诉。

原来夏梦的妈妈邀请了卢斌来吃饭，当然吃饭之余，还希望卢斌可以指点一下夏梦的功课。其实卢斌也有点儿尴尬，不太想来，但毕竟是长辈盛情地邀请，他实在不好意思推却，所以就来了。

"我费了不少唇舌才请到他的，等下你要把握机会好好向他学习，不要浪费妈妈这顿饭。"

夏梦的妈妈就是这样，总是用最合乎经济效益的方法来训练女儿。别人花钱去为子女找家教、学外语、乐器、舞蹈、绘画等，她却直接从生活中给夏梦磨炼，她认为生活中已经有足够多的事情让女儿学习了，例如修门锁、修空调、做饭、洗碗，栽种花草，自制家具等，根本不用特意花钱去学其他的。这次难得有位免费的家教老师，她当然不会放过。

夏梦也拿妈妈没办法，只好想想如何在卢斌面前挽回自己的形象。

可是福无双至，祸不单行，突然传来卢斌的呼救声，原来他上厕所洗手时，水龙头忽然爆裂，不停地喷水。

夏梦立刻把水闸关上，与此同时妈妈已经把工具箱递到夏梦面前，一如既往，家里的大小问题，妈妈都交给夏梦处理。

卢斌惊讶地问："夏梦，你会修这个？"

夏梦不想承认，可是不修好的话，大家都很不方便，甚至连饭都煮不了，所以只好硬着头皮去修了。

不知道为什么，夏梦总觉得在卢斌面前修水龙头很丢人，这不是少女该做的事情。可是妈妈却引以为傲，不停在旁边赞扬女儿："小梦虽然读书成绩一般，但其实挺聪明，她还会修空调、冰箱、电视机……"

夏梦马上瞪着妈妈，妈妈才不再说下去。

夏梦只花了几分钟就把水龙头修好了，卢斌惊叹："好厉害啊。"

夏梦尴尬地笑，也不知道这算不算赞美，她该不该高兴。

这个时候，妈妈却为夏梦带来另一个麻烦，她打开夏梦房间的门，对卢斌说："饭还没做好，不如你先参观一下小梦的房间。"

"等等！"夏梦激动地制止。

可是已经太迟了，卢斌已经进了她的房间，看到里面凌乱的状况。

"平时不是这样的，只是最近功课比较忙，周末回家也没空收拾一下房间。"夏梦一边收拾，一边挤出个尴尬的笑容尝试为自己辩解。

"我帮你一起收拾吧。"卢斌对这么凌乱的房间看不过眼，忍不住要动手帮忙。

妈妈在旁边偷笑，原来她是故意的，平时催促夏梦收拾房间她都不听，现在正好让卢斌看看，迫使夏梦整理，而且有卢斌帮忙收拾，这顿饭划得来了。

卢斌从收拾房间加深了对夏梦的了解，知道她喜欢什么玩具，爱看什么漫画，什么书，什么电影，以及有什么嗜好，等等。

吃饭期间，夏梦妈妈总是拿夏梦的一些糗事来做谈资，搞活气氛。夏梦忍无可忍，决定还击，她也把妈妈的糗事全搬出来，公诸同好。结果母女俩来真的，一边吃饭，一边在脑海里搜刮着对方过往的糗事，一想到就马上爆出来。一时间饭桌变成了战场，相当失礼，但卢斌却被她们的绝密糗事逗得笑声连连。

虽然夏梦觉得很出丑，很尴尬，但卢斌却十分羡慕她们母女的亲密关系。卢斌很久没有感受过这种一家人吃饭的温馨气氛，平时他跟父母总是因为各种原因不能一起吃饭。

饭后休息了一会儿，卢斌真的开始认真地跟夏梦讨论功课，一起学习。夏梦亦只好硬着头皮向卢斌讨教学习的秘诀，她对自己的记忆力很不满意，读书总是过目即忘，无法牢牢记住书本里的内容。

卢斌对症下药，根据夏梦的性格和喜好，为她设计了一个特殊的记忆法。

"你不是很喜欢画画吗？"卢斌问。

"是呀。"

"那我教你一个方法，如果你想牢牢记住书本里的一些知识，你就把它画出来吧。把文字化成画面，把画面串联成故事，这样就很容易记住课本里的知识，而且有助于了解其中的细节。"

"对啊！"夏梦被卢斌一语惊醒，好像发现新大陆般兴奋。

"我们现在就试试看吧，例如秦灭六国的历史，我们可以画卡通人物来代表每个国家。"卢斌拿起纸笔想了一下，"嗯……就让我先画秦国吧。"

夏梦突然对学习的兴趣提高了百倍，充满干劲，"好像挺好玩的，那我来画六国。齐国……就画一个衣着很整齐的人。"

"楚国……可以画一个楚楚可怜的女人……"

卢斌成功帮夏梦摆脱以前死记硬背的学习方式。

结果，这天他们就用画画的方法来温习历史课，卢斌提点夏梦一些历史知识，而夏梦则教导卢斌一些绘画技巧。他们觉得这个读书方法非常有效，而且很好玩。他们越画越高兴，竟然不愿停下来，想继续复习下去，把整本历史教科书画完为止。

夏梦很感谢卢斌，令她找到学习的乐趣。她更感激妈妈，因为全靠这个脸皮厚的妈妈，才使她有机会突破学习上的瓶颈。

夏梦此刻觉得很幸福。

4

自从上次家长会后，夏梦的妈妈便经常邀约卢斌，有时来家里吃饭，有时去外面郊游、逛书店等，尽量为女儿制造学习的机会。夏梦和卢斌亦因此变得越来越熟络，后来已经不用妈妈邀约，夏梦和卢斌会主动找对方一起温习功课，一起把课本的知识以漫画形式绘画出来；两个人一起绘画，一起温习，感觉事半功倍。夏梦从没想过读书也可以这么好玩有趣。

两个月后，新一轮的摸底考试中，夏梦靠着卢斌的教导，成绩果然突飞猛进，竟然突破性地挤入前十名。

再一次的家长会上，夏梦的妈妈面带笑容从阶梯教室走出来，拥抱着夏梦，还用力地亲了她一下，"小梦，你好厉害啊，考到了第十名。"

夏梦自己也难以置信，她从小到大也没考过前十名呢。

"我都说近朱者赤，近墨者黑。全靠卢斌，你才有这么好的成绩，你真的要好好答谢他啊。"妈妈神气地说。

这次夏梦也很认同妈妈的话，马上提议说："嗯，那你就带我和卢斌去旋转餐厅吃饭庆祝吧。"

妈妈脸色一沉，那不就等于拿她的钱来报答别人吗？不过，看到女儿成绩那么好，花再多钱庆祝也是值得的，所以很快又展现出灿烂的笑容说："好呀，快叫上卢斌吧。"

"对啊，卢斌呢？"夏梦突然想起今天好像没见过卢斌，马上环视四周搜索着。

这个时候，李铮却拿着成绩单兴奋地跑过来，"阿姨，你好。这次摸底考试我考到了全年级第一名。"

"哦，恭喜你啊。"夏梦妈妈的反应不算很热烈，反而紧张地问，"你有没有见到卢斌？"

"卢斌吗？"李铮很同情地说，"听说他这次遭遇滑铁卢落后了二十多名，他现在正被班主任叫到办公室单独训话。"

夏梦与妈妈听到了都很惊讶，卢斌一向稳居全年级前三甲的位置，就算再怎么失手退步，也不可能跌落二十名以外的。

夏梦突然想起妈妈那句"近朱者赤，近墨者黑"，是不是卢斌最近常常跟夏梦一起读书温习，所以被拖低了水平呢？虽然说起来十分荒谬，但夏梦依然感到有点儿自责。

这次李铮也很努力，终于考到了全年级第一，满以为可以成为众人的焦点，没料到大家还是比较关心成绩戏剧性倒退的卢斌，纷纷向李铮问询卢斌的情况，李铮感到十分无奈。

另一边，卢斌被音乐班班主任贝老师叫到办公室，贝老师说已经通知了他的家长来了解他成绩大幅滑落的原因，卢斌心里竟然有一丝高兴。

贝老师询问卢斌为什么这次成绩大倒退，但卢斌也说不出一个合理的理由。

敲门声响起了，卢斌心跳得很快，爸爸妈妈终于要来学校关心他的事情了吗？

可是，在他面前出现的，竟然不是父母，而是冰瑾坤校长。他万万想不到，父母竟然以工作忙为由，委托冰瑾坤校长代为监管卢斌。

期望越大，失望越大，卢斌又一次失望了，而且这次是彻底地失望。他咬着牙，握着拳，涌着泪，二话不说就转身跑出了办公室。

那天晚上，虽然联络不上卢斌，但夏梦的妈妈按捺不住兴奋的心情，依然带了夏梦到旋转餐厅吃饭庆祝，还说下次找到卢斌可以再吃一顿。不过夏梦有点儿心不在焉，她仍然想着卢斌的事情。

晚饭后，夏梦决定返回宿舍，果然在后花园上次卢斌烧信的地方找到了卢斌。只见他独自坐在树下，情绪相当低落。

夏梦走过去安慰他。

160

"你是故意的吧？"夏梦坐到卢斌的旁边。

卢斌看着夏梦，夏梦补充说："我说你这次的成绩。"

卢斌没有回答，等于默认了。

夏梦松一口气："唉，我还以为你因为和我接触多了，近朱者赤，影响到你的成绩了呢。原来你是故意考得那么差，想引起父母的注意。"

卢斌终于开口了："今天班主任叫了我的父母来。"

"是吗？他们终于来了吗？"夏梦很惊喜。

"结果他们委托了校长来监管我。"卢斌说完这句，夏梦原本惊喜的表情马上僵住了。而卢斌也没有再说话，只是伤心失落地抱着膝盖，低着头。

"卢斌，你真的很了不起，全靠你的教导，竟然可以让我这样的笨鸟考到前十名，谢谢你啊。"夏梦说着还突然站起来，"所以，现在是我向你报恩的时候了！"

卢斌一脸惊愕。

第八章

Banban Dao Dao,
Wu Shi Yishusheng

伙伴们，一起跑吧

看着这小礼物，大家都感动不已，心里的斗志再度燃起，不约而同地向田径场跑去，「夏梦，我们来了！」

1

之前卢斌来夏梦的家，做她的免费导师，使她成绩进步；现在夏梦决定报恩，所谓报恩，就是轮到她去卢斌的家，帮卢斌改善和父母的关系。

美其名曰报恩，但其实有一半是想看看卢斌家的豪宅。夏梦的家都已经被卢斌看过了，杂乱的房间也被迫曝光了，如果不看一回卢斌的家，夏梦会觉得很吃亏。

在夏梦软硬兼施，苦苦哀求之下，卢斌终于答应带夏梦到他的家里去。

卢斌的家位于最繁华的中心区，并非夏梦幻想中的那种独栋豪宅，而是摩天大楼里的豪华公寓，里里外外都十分时尚，四周尽是大都市的气息。据说卢斌的父母是科技企业的大亨。

卢斌用电子钥匙进入时尚华丽的大堂，大堂里有六部先进新颖的电梯，其中一部电梯门打开了，两个衣着光鲜的中年男女走出来，散发着一股新潮贵族的气息。

夏梦搭乘全透明玻璃设计的电梯来到卢斌家的楼层，这一整层都是卢斌的家。一进屋里，偌大明亮的客厅立刻映入眼帘，一位中年女人正在优雅地修剪着盆栽，另外一位穿西装的中年男人则在大鱼缸旁边喂鱼。

夏梦觉得这个场面挺温馨的，并没有想象中那么冷漠，夏梦礼貌地向他们打招呼："卢叔叔，卢姨姨，你们好，我是卢斌的同学，我叫夏梦。"

那对中年男女抬头看着夏梦，然后忍不住大笑起来："哈哈哈……"

夏梦有点儿愕然，没想到卢斌的父母比夏梦的妈妈更爱笑，而且笑得更热情。

"刚才你叫他们什么？"卢斌也忍俊不禁地问。

夏梦有种不好的预感，战战兢兢地回答道："卢叔叔和卢姨姨。"

结果连卢斌也忍不住大笑起来："哈哈哈……"

"你笑什么啊？"

"哈哈……他们是我家里的工人，达叔和青姐。"

夏梦呆住了，顿时脸红耳热，十分尴尬，真想找个地洞躲起来，她怎么会想到连佣人也穿得这么气派呢？

"那……那你的父母呢？"夏梦问卢斌。

卢斌突然低头没有回答。

但修剪盆栽的青姐说："卢总和太太也是刚刚出去的，你们没有碰见吗？"

"没有啊。"夏梦摇摇头。

但卢斌纠正说："有的，刚才从电梯出来那两个。"

"不是吧！"夏梦惊讶不已，"我还以为是陌生人啊，你们都没有打招呼，连眼神交流都没有。"

卢斌默然不语。

夏梦很震惊，看来情况比她想象的严重很多，不是那么容易解决的事情。

后来，夏梦又去了几次卢斌的家。卢斌的父母大部分时间不在家，就算在家，也跟卢斌没有什么交流，甚至对夏梦这个陌生访客也没有多问半句，关系非常疏离。

终于有一次，夏梦决心做一个大胆的测试，她对着卢斌的父母说："你好，我是卢斌的女朋友。"

卢斌当场被她的话吓得目瞪口呆。卢斌的父母亦终于正眼看向夏梦，不过只看了一眼，又若无其事地继续忙他们的事了。

夏梦十分尴尬，她满以为这句话可以引起卢斌父母很大的关注，但换来的只是瞄了一眼。

夏梦也只好急急澄清："我是开玩笑的啦。哈哈哈……"

可是没有人笑，夏梦觉得真的丢死人了。

夏梦实在想不明白，为什么卢斌父母好像完全不关心卢斌的事，连交女朋友这种事情都不管。但达叔和青姐对她说："你以为他们是傻子吗？一眼就看得出你是假的了，他们虽然跟儿子交流少，但还是挺了解儿子的品位要求的。"

"哦。"夏梦恍然大悟，可是想了一下，突然觉得不妥，"喂！你这样说到底是什么意思啊？"

经过夏梦多次观察，她认为卢斌的父母都没有介怀当年卢斌弟弟的事情，只是大家已经习惯这种疏离的相处方式，双方都不懂得踏出第一步，去扭转这种胶着的状态。

卢斌自己也未能解开心结，不敢主动跟父母沟通。夏梦觉得，只要卢斌主动踏出第一步，他们的关系一定可以改善。

"那要怎样做？"卢斌不明所以。

"你们音乐班不是即将举办一个小型音乐会吗？你想不想父母来看你的表演？"夏梦问。

卢斌点点头。

"那你必须先踏出第一步。"夏梦胸有成竹地微笑着说。

2

夏梦声称有办法令卢斌的父母来看卢斌的音乐会表演，但卢斌必须先踏出第一步，那就是卢斌必须先出席父母的一个宴会活动，打破僵局。

他们从达叔口中得知卢斌父母本周末将会在酒店举行一个酒会，夏梦费尽唇舌去说服卢斌："如果你自己不愿意参加他们的宴会，那又怎么要求他们出席你的音乐会呢？"

卢斌思前想后，决定相信夏梦一次，踏出第一步，但条件是要夏梦陪他一起去。

卢斌为夏梦找来一条漂亮华美的裙子，那天晚上，他们俩盛装出席酒会，以为一进场就可以给卢斌父母一个惊喜，没料到卢斌的父母不在会场里，原来他们刚巧在会议室里跟部分宾客洽谈合作事宜。

夏梦鼓励卢斌不要灰心，要努力融入酒会当中，做好儿子的本分，父母一定会感受到的。

"哎，这不是卢总的儿子吗？"有宾客认出了卢斌。

"是的，叔叔您好。"卢斌很有礼貌地回应。

"很少看到你啊，最近好吗？"

随后越来越多的宾客知道他是卢总的儿子，纷纷来跟他聊天。而卢斌亦很努力地融入这个大人的宴会，跟宾客们相谈甚欢，他要努力塑造一个出色儿子的形象，让父母以他为荣。

可是过了很久，卢斌的父母还是没有现身，卢斌感到既疲倦又苦闷。在场地中央，有一架非常名贵的三角钢琴，卢斌突然很想弹奏一曲，抒发自己的心情。他慢慢走向钢琴，坐在琴椅上，闭上眼睛，深吸一口气，然后弹奏起来。

从第一个琴音响起的瞬间，全场就为他静默下来，把所有时间和空间都留给这悠扬的乐曲，让它游走在每一个角落，进入所有人的心里。

卢斌的琴技令所有人惊艳，卢斌的琴音在抒发着内心的感受，借音符向父母表达对爱与亲情的渴望。

卢斌也把此曲作为告别曲，用心地弹完了，觉得自己今天的任务也完成了。他已经尽最大的诚意和努力参与这个酒会，他站起来，向大家敬礼，然后就离开了，但他的父母依然没有出现。

酒会后一个星期，音乐班的小型音乐会也即将举行了，卢斌和冰蓝纱都是重点表演对象。

卢斌很希望父母能出席音乐会，看他的表演。夏梦说过能帮卢斌改善与父母的关系，让他们出席音乐会的。她说到做到，用心画了一张邀请卡，托达叔转交卢斌的父母。

夏梦每天都打电话追问情况，终于在音乐会举行前几天收到好消息，达叔转述说卢斌的父母已经答应出席了。

卢斌和夏梦知道后非常兴奋，卢斌马上请夏梦吃大餐庆祝，而夏梦亦陪他彩排练习，务求在父母面前做到最好。

这几天，夏梦看到了最开怀愉快的卢斌。对卢斌来说，这几天也是他多年来最快乐的时刻。

卢斌和夏梦怀着兴奋与期望的心情迎来音乐会举行的那天。他们为卢斌的父母预留了两个视野极佳的座位，即将出场表演的卢斌不停左顾右盼看父母来了没有，而夏梦亦不断打电话给达叔确认。

可是在卢斌出场表演前的一刻，收到了达叔传来的坏消息，原来卢斌的父母的公司在欧洲的业务出了些状况，他们急着飞往欧洲去处理，而且要逗留几个月，所以今天不能来了。

卢斌闻言极度失望，极度沮丧，他拖着沉重的步伐走上舞台，但此刻他只剩下一具躯壳，灵魂都被掏空了。他甚至开始控制不了自己的身体，刚走上舞台，身子突然一歪，整个人从舞台上跌了下来。在场的人无不惊呼大叫。

伙伴们，一起跑吧

3

卢斌遭到父母不能出席音乐会的消息打击，一时分神从舞台上跌下来，伤得不轻，至少要坐两个月轮椅。

在卢斌受伤事件后，负面情绪好像病毒一样蔓延开来。还有两个月左右就要期末考试了，无独有偶，每个人都有自己的烦恼。

菲奥娜的银行卡依然没有钱，她父亲说过要等她期末考试过后才会给她打钱。没钱花的菲奥娜完全失去了自信，以往的活力和气焰全都不见了，一副死气沉沉的样子。有时夏梦故意招惹她，刺激她，她竟然不反击，但夏梦宁愿看到以前充满活力的菲奥娜，虽然经常吵嘴，但至少气氛热闹得多。

菲奥娜为没钱花而烦恼，何欣月则为没零食吃而烦恼，可是跟菲奥娜的情况不同，不是别人不让她吃，而是她看到自己摸底考试的成绩太差，所以立下誓言，拒绝一切零食，直至期末考试完结，成绩理想为止，迫使自己努力用功。两个月不吃零食对何欣月来说可谓比死更难受，可想而知她这次要考取好成绩的决心有多大，她每天抵抗着零食的诱惑，承受极大的痛苦。

即使成绩已经很好的于婷婷，也一样有烦恼。她对自己的要求很高，天天都拼命地练画，晨操晚练，结果弄伤了手部的肌肉，不但不能练习，如果护理得不好，还可能参加不了期末考试呢。于婷婷对此非常着急，既担心参加不了期末考试，也担心这段时间不能练习，画艺不进反退，落后于人。

至于卢静雅，她的成绩一向保持平稳，可是在美术方面一直被批评作品欠缺个人风格，没有个性。这事令她非常懊恼，她想尽办法做一些破格的事，摸索自己的风格，可总是格格不入。她开始怀疑自己是否适合继续往艺术方面发展。

平时最阳光、最乐观的李铮也有烦恼，最近他的网游账户被人盗了，辛苦累积的宝物、分数等化为乌有。别人看起来可能觉得是小事一桩，无须大惊小怪，但这对李铮来说却是极大的惨事。

而杜鹃则依然保持一贯的神秘，喜怒无常，心事重重。大家对她所知不多，但总觉得她心里好像藏着很沉重的事情。

除了美术班之外，音乐班的学生也有自己的烦恼。舒琴最近脑袋闭塞，想不到好的主题，创作不了好的音乐。而冰蓝纱亦因为自己是校长的女儿，常常招人妒忌，遭到别的同学冷言冷语，感到非常委屈。

当然，最可怜的还是卢斌，他在音乐会的意外中跌断了腿，至少要两个月才能康复。比起身体上的伤，他心灵上的伤更为严重，他期望父母关心自己，换来的却是一次又一次的失望。这次本来以为父母会来音乐会看他表演，最后还是失约。而且他受伤了，父母也没有赶回来看他，他真的彻底失望了，对所有事情都不再感兴趣。即使夏梦来探望他，也被他拒之门外，令夏梦十分担心他的状况。

夏梦看到伙伴们各有烦恼，死气沉沉，自己也感到很沮丧。小伙伴们的烦恼，就等于她的烦恼，她很想帮助大家，鼓励大家，可总是力不从心，多番努力尝试也徒劳无功。

不知不觉，校际运动会快要举行了，还记得当时大家报名非常踊跃，晚上更成群结队在操场上练跑，虽然醉翁之意不在跑，而是交朋结友，但总算掀起了一时热潮。可是热情渐渐冷却，加上大家都为各种事情烦恼，早就把校际运动会一事忘了。

夏梦觉得这是个很好的机会，借这次运动会重燃大家的斗志。运动会举行当天，夏梦给伙伴们准备了一份神秘小礼物，悄悄地放进各人的包包里。

这是一场颇受瞩目的运动盛事，集合了市内几所排名靠前的中学，在运动场上切磋比拼。可是艺林附中的学生很多都敷衍了事，没有认真比赛，尤其初一美术班和音乐班的学生，似乎心事重重，无精打采。

菲奥娜掷标枪，力度和精神都没有贯注，标枪偏离轨道，几乎造成危险。

何欣月掷铅球软弱无力，完全不像平时的她。

于婷婷和卢静雅参加一百米赛跑，于婷婷心神恍惚，紧张过度，结果两番抢跑被取消资格；而卢静雅也力不从心，被远远甩在后面，敬陪末席。李铮参加一百米跨栏比赛的时候，第一个栏失手后便沉不住气，把后面的一个个栏踢倒。

至于杜鹃，她是参加跳高的，本来她跳高的技术很不错，可是一时心情不好，竟然没有去报到，不跳了；而舒琴也是参加跳高的，但无心恋战，随便地跳了跳。

唯一态度比较认真的就是冰蓝纱，她参加的项目是跳远，虽然态度认真，可是状态不好，表现失准。

看到伙伴们丧失斗志，一个接一个落败，输得那么难看，夏梦感到十分心酸。

最后终于来到五千米赛跑了，这是一个不分班级年龄性别的全公开赛，但也是一个没有人愿意参加的项目，因为其中一所学校有一位超级选手，是国家重点培养的未来长跑明星，强弱相差太悬殊了，大家知道会输，所以都不愿意报这个项目，就算报了也不出席。

同学们劝夏梦退出比赛，反正结果都一样，何必辛苦自己白跑一趟，更免得人前出丑。

但夏梦坚持要跑，绝对要跑，尤其在这个低潮时期，她对伙伴们说："不跑，就等于认输了。比赛结果不重要，重要的是态度。如果没有积极的态度，做任何事都不可能成功。我们可以输，但不可以放弃。"

结果，只有夏梦和那个未来长跑明星参与五千米跑。其他学校的学生都嘲笑夏梦不自量力，等着看艺林附中如何再惨败一场。于婷婷、菲奥娜、何欣月等听到了，心里都不是滋味儿。

"你们看！"何欣月突然发现了什么，惊讶地大叫。

原来她发现了夏梦为了这次运动会送给她的小礼物，其他人马上搜索自己的包包，都找到了夏梦送的小礼物。看着这些小礼物，大家都感动不已，心里的斗志再度燃起，不约而同地向田径场跑去，"夏梦，我们来了！"

4

菲奥娜、于婷婷、何欣月、杜鹃、卢静雅、李铮、舒琴七个人同时跑到司令台说："我们想报名参加五千米长跑。"

原来夏梦送给他们的小礼物，是夏梦亲自绘画的打气卡，每一张都画上他们积极开心地比赛的英姿，跳高、掷铅球、跨栏、赛跑等，英姿飒爽。夏梦更为每人画上一枚金牌，金牌的中央画了他们俏皮的表情，充满活力。

大家被夏梦的打气卡深深打动，被她的积极乐观、奋斗精神完全感染。一时间抛开了所有烦恼和困惑，重新激发起斗志。他们决定参加五千米长跑，要陪夏梦一起跑，"夏梦，我们不会让你孤军作战的。"

"你们……"夏梦很惊喜，看到大家终于重展欢颜，心里说不出地高兴。

由于五千米长跑的参赛者实在太少了，大会也希望加强气氛，所以准许他们临时参赛。

鸣枪声响起，比赛开始，未来长跑明星一马当先，夏梦与其他人紧随其后。

跑了不足一圈，运动场的广播突然响起来，是卢斌的声音。

"各位校长、老师、同学，大家好，我是艺林附中初一音乐班的卢斌。因为弄伤了脚，所以今天未能参加比赛，但我想借这个机会向我的同学们说一些话。"

田径场上比赛中的夏梦等人，听到卢斌的声音，感到十分意外。

"也许今天我们遇到了一些烦恼，一些困惑，觉得无能为力，不知所措；也许我们今天表现不好，输掉了一场比赛，但我们不要灰心，不要放弃。我们只是名初中生，站在人生的起步点，前路还有各种各样的挑战，我们必须全力以赴，向着梦想奔跑。"

卢斌的话打动了全场每一个人，尤其是正在田径场上奔跑着的同学们。

"以下，我创作了一首歌曲，送给所有正在奋斗的同学。"

卢斌即兴弹奏，励志激昂的音乐响起，琴声传遍整个运动场。夏梦、李铮、菲奥娜等听到了琴声，就像顿时注入了力量一样，奋力向前奔跑。

李铮首先迸发出力量狂奔，以短跑的速度超越了未来长跑明星，吓了对方一跳，因为五千米不能跑那么快，否则会后劲不继的。可是"疯子"不止一人，夏梦、菲奥娜、于婷婷等亦相继拼命奔跑，超越未来长跑明星。

卢斌弹出感人、振奋的乐曲。大家一边跑，一边听着，在这首曲子的激励下，大家愉快地拼命地跑着，正如李铮所说，跑步可以忘记忧伤，可以令人心胸开阔，大家不顾一切勇往直前地跑着。

未来长跑明星从没遇到过这样乱跑的对手，看到自己被远远抛离，心里也焦急起来，既想加速，又怕消耗体力后劲不继，结果自己的步伐也被打乱了，一时分神不慎扭伤了脚，无法继续比赛。

对手退出了，夏梦他们并没有感到兴奋或难过，他们正享受着比赛，享受着努力奔跑的快感。

广播的音乐突然停了，未几，卢斌的父母推着轮椅带卢斌到场边为大家打气。原来卢斌的父母赶回来参加儿子的运动会，而且他们已经和好了。卢斌的父母更向夏梦亮出她画的音乐会巨型邀请卡，原来卡上画了他们一家三口其乐融融的画面，卢斌坐在琴椅上，父母在他两旁，三个人开心愉快地笑着，竟然跟现在的情景不谋而合，只是琴椅换成了轮椅，但那种幸福快乐的笑容却是一致的。

大家都很替卢斌开心。这时候，一向被批评作品欠缺个性的乖乖女卢静雅，突然想到一个破格的鬼主意。

"只剩我们几个比赛了，我们不如跑出去，看谁最快跑回学校。"

"好啊！"大家齐声叫好，竟然真的一起跑出了运动场。

"他们在干什么？他们跑去哪儿？"现场观众无不目瞪口呆。

冰瑾坤校长也很诧异，但很快就会心地微笑起来。读艺术的学生当然会有

艺术家的特质，有自己的想法和个性。

　　夏梦与她的伙伴们在繁华的街道上奔跑，卢斌也推着轮椅跟他们一起比赛；这群初中生终于敞开了胸怀，抛开一切烦恼，为着自己的梦想奔跑。

　　他们初中一年级的生涯，就在笑声和汗水中度过了。

番外篇
圣诞礼物

Banhua Duo Duo:
Wo Shi Yishaseling.

学生们把准备好的礼物放到收集处，每份礼物形状不同，大小不一，让人充满幻想。

"Jingle bells，jingle bells， Jingle all the way…"

圣诞节快到了，城市中到处洋溢着普天同庆的圣诞气氛，大小购物广场从早到晚不停地播放着各种耳熟能详的圣诞歌，在提醒所有人佳节来临了，催促大家尽情消费，欢度圣诞。

送圣诞卡、开派对、交换礼物已经成为学生们圣诞节的指定动作。艺林附中作为一所新潮、时尚、有活力的艺术中学，自然也不例外，将会举办盛大的庆祝活动，包括圣诞老人模仿大赛和全校学生交换礼物等，无不令人热切期待。

寒冷的周末晚上，夏梦在购物广场中热烈的节日气氛中为选购圣诞礼物而烦恼，"送相架太老土了；杯子也没新意；零食吃完就没有了；画笔肯定最多人选择，不够独特；手表又超出了五十块钱的限制……"

夏梦正难以抉择之际，突然有一件东西重重地掉进夏梦的购物篮里，吓了夏梦一跳。

"喂，菜包头，买这个吧！"李铮挂着狡猾的笑容从旁边闪出来。

"你为什么会在这里？"夏梦惊讶地问。

"跟你一样啊，要买交换的礼物。"李铮指着夏梦购物篮里的东西说："但你不用烦恼了，就买这个吧，反正我想要。"

夏梦低头一看，原来是一本精美的游戏大图鉴。她睥睨着李铮说："现在是全校交换礼物，不是我跟你交换礼物，我为什么要买你喜欢的东西？"

"因为我有预感，我会抽中你的礼物。"

"预感？"夏梦用鄙视的语气重复着李铮的话。

"对呀，我也有预感，你会抽中我的礼物。所以你想要什么就快说吧，我现在就买，当然不能超过五十块啊。"

"请问你的预感有多准呢？"

"嘿嘿，"李铮自信满满地说，"我有预感，我这次的预感会有百分之

九十的可靠度。"

"这样啊，那我知道要买什么了。"夏梦边说边把那本游戏大图鉴拿走。

李铮好奇地问："你要买什么？"

只见夏梦把一条裙子放进购物篮中，还向李铮报以挑衅的笑容。

"喂！我不穿裙子的啊，你怎么可以这样！"李铮激动地说，"还粉红色呢，还有草莓图案，我最讨厌草莓了。"

夏梦忍不住笑着说："你的预感有没有告诉你，你抽到的礼物将会是一条粉红色草莓图案的小裙子？到时记得穿给大家看看啊。哈哈。"

李铮只好以牙还牙，把那本游戏大图鉴放进自己的购物篮，"好，那我就买这本书，到时你抽中了也别哭！"

"哼，全校那么多人，我偏不信会抽中你的！"

很快就到了圣诞节前夕，艺林附中的圣诞大派对在平安夜举行，美术班的同学们早已把校园内外精心布置得五彩缤纷，绚丽夺目，一片浓厚的圣诞气氛。

学生们把准备好的礼物放到收集处，每份礼物形状不同，大小不一，令人充满幻想。光是看看这一大堆的礼物，心情就已经兴奋得不得了，大家恨不得马上扑过去，把礼物逐一拆开。

不过，交换礼物永远是留在压轴的环节。而揭开这次派对序幕的，自然是一场让大家热身的精彩歌舞。

卢斌和冰蓝纱在全场的欢呼声中登场，他们带领着音乐班演绎一首首重新编曲、全新风格的圣诞歌，令人耳目一新。

劲爆欢快的音乐迅速带动了派对的气氛，大家把操场当作舞池，跟着节奏跳舞，热闹狂欢。

劲歌热舞之后，当然少不了各种各样的游戏。例如画画猜猜，美术班就派出了于婷婷和菲奥娜应战，结果不负所望，凭着超群的画技，大胜音乐班。

不过音乐班在IQ（智商）题方面又扳回一局，双方竞争激烈。紧接着还有两人三足、踏气球等游戏，大家都玩得非常投入，就连老师校长都加入战团，与众同乐。

何欣月一时兴起，自告奋勇要为大家即兴表演。她兴致勃勃地拉着卢静雅上台，临时表演一段相声。平日温文尔雅的卢静雅又怎会懂得搞笑，结果就只有何欣月一个人在台上不停说笑话，但都是冷到极点的笑话，听得所有人都瞠目结舌，呆呆地看着她。本来热烈非常的气氛，一下子被她凝结到冰点。

幸好校长及时上台打断何欣月的表演，"哈哈哈，谢谢何欣月同学的精彩演出。接下来到我们今天的重头戏了……"

"交换礼物！"台下马上欢呼。

"不是不是，大家不要老盯着礼物。"冰瑾坤校长解释，"我说的重头戏是圣诞老人模仿大赛。每班派一个代表出来扮圣诞老人吧！"

热烈的掌声和欢呼声不绝于耳，各班都在议论纷纷、拉拉扯扯推举着不同的人出战。

其他班都选出了代表，校长催促道："初一美术班派谁出战啊？"

夏梦向着何欣月鼓掌欢呼，因为说到身形、性格、动作，扮圣诞老人的人选非何欣月莫属。而何欣月自己也这样认为，正当她好整以暇，准备走出去之际，却有一只怪手从后推了夏梦一下，把夏梦推了出去。

校长亦迅速宣布："好，初一美术班的代表是夏梦。"

"喂喂喂，弄错了啊。"夏梦着急地解释，可是大家情绪高涨，热烈欢呼，已经把夏梦拉到台上。

夏梦皱着眉，回头责问："是谁推我！"

只见李铮掩着嘴巴忍不住狂笑，真凶已呼之欲出。

瘦小的夏梦穿上胖胖的圣诞老人装，趣怪可爱，令人忍俊不禁。第一回合

他们首先要模仿圣诞老人的标志性笑声，看谁扮得最像。

"哈哈哈……"

"嘻嘻嘻……"

"哇哈哈……"

各参赛者的笑声此起彼伏。但夏梦觉得他们模仿得太差了，完全没有演绎出圣诞老人的精髓，她禁不住要露两手了。

"呵呵呵……Merry Christmas（圣诞快乐）！"

夏梦逼真的圣诞老人笑声引得全场欢呼大笑。没想到夏梦原来是个模仿高手，果然深得妈妈的真传，声音模仿得惟妙惟肖。

第二回合是拉鹿车比赛，虽然夏梦的速度不及别人，但途中的跌跌撞撞却娱乐性十足。

第三回合是比赛徒手拿最多的礼物，夏梦瘦小的身材实在拿不了多少，但她想尽办法，尝试用各种姿势去拿礼物的模样，却引得大家捧腹大笑。

"好了，圣诞老人模仿大赛结束了，哪位参赛者获得的掌声最多就是冠军。"

校长逐一喊出参赛者的名字，让大家用欢呼声和掌声来投票。当他喊出"夏梦"的时候，全场热烈欢呼鼓掌，就连夏梦自己也受宠若惊，她竟然得到大家的支持，赢得了比赛的冠军。

夏梦很开心，心里想着冠军会有什么奖品的时候，没料到校长竟然说："我们请圣诞老人为全校派发礼物，好不好？"

"好！"

夏梦顿时呆住了，拿了冠军不但没有奖品，而且要继续扮圣诞老人走遍各年级各班派发堆积如山的礼物，她有种被骗上当的感觉。

"校长，你是开玩笑的吧？"夏梦弱弱地问。

台下的李铮却幸灾乐祸地笑得合不拢嘴："哈哈，圣诞老人万岁！圣诞老人派礼物！"

夏梦怒目瞪着李铮。

这时校长对夏梦补充一句："圣诞老人一个人派礼物太辛苦了，你可以挑选一名同学扮圣诞鹿，帮你拉鹿车。"

李铮一听就感到不妙，迅速掉头就跑，可是已经太迟了，夏梦狠狠地指着李铮，朗声说："我选李铮做圣诞鹿！"

李铮闻声倒下。

圣诞派对接近尾声了，全体学生先返回教室收拾一下自己的东西，等待圣诞老人派发完礼物就可以下课回家。

李铮实在没想到校长真的准备了一套圣诞鹿的服饰让他穿上。扮鹿比扮圣诞老人滑稽多了，夏梦终于可以尽情地报复，指着李铮一身古怪的圣诞鹿造型放声大笑："哈哈哈……你的造型……笑死我了。"

李铮一脸无奈，只能哑忍。

"呵呵呵……Merry Christmas！"圣诞鹿拉着鹿车，在圣诞老人的带领下，挨个教室去派发礼物。学生们纷纷向圣诞老人撒彩带、放礼花，以示欢迎，热情非常。

夏梦和李铮更在走廊上巧遇冰校长和汪老师，夏梦以圣诞老人的身份祝贺他们圣诞快乐，还向二人派发礼物。

"汪老师，这礼物送给你。"夏梦认得李铮的礼物包装，故意拿李铮的礼物送给校长，"校长，这礼物送给你。"

李铮看到了，十分紧张，向夏梦投诉："喂喂，那礼物……"

但夏梦用力按下李铮的头，"闭嘴！圣诞鹿不会说话的！"

冰校长和汪老师也被他们逗得哈哈大笑。

夏梦是故意把李铮的礼物送出去的，这样她就肯定不会抽中李铮的礼物了，而且让校长看看李铮买什么礼物也好，等下校长就会知道李铮沉迷游戏。

他们派发礼物的下一站就是初一音乐班的教室，舒琴第一时间抱着圣诞老人雀跃欢呼："小梦，你终于来了。快给我礼物，我要最大的一份！"

这位圣诞老人也不怕别人说她不公平，真的从礼物堆中找一份特别大的礼物送给舒琴，她们两个旁若无人聊得非常开心。

这个时候圣诞鹿却趁机报复，他找出夏梦的礼物派发给卢斌。

"谢谢。"卢斌欣然接收。

夏梦眼角瞄到了，紧张地想把礼物抢回来，"那个不能送！"

卢斌敏捷地把礼物收起，问："为什么？"

"因为……"夏梦腼腆地说，"里面的东西不适合你。"

"没关系，我也想看看你挑选的是什么礼物。"卢斌说完就抱着礼物回到座位去。

圣诞鹿在旁边忍不住笑，圣诞老人则用严厉的目光瞪着他。

圣诞老人与圣诞鹿走遍了艺林附中每一间教室，终于把所有礼物都派发完了。他们把装束脱下，放回仓库，然后瘫软在地上歇息，虽然十分疲惫，却很有满足感。

"终于完成了。"夏梦松一口气。

可是没过几秒，夏梦突然又激动地跳起来："不对啊！"

"什么不对？"李铮懒洋洋地问。

"很不对，非常不对。"夏梦激动地说，"为什么我们没有礼物？"

"原来你说这个啊。"李铮依然反应冷淡。

"你不觉得奇怪吗？我们明明都有买礼物，为什么最后礼物全部派光了，竟然一件不剩？"夏梦目露凶光地说，"到底是哪两个可恶的家伙没有买礼物，却又收了礼物？我不会放过他们的！"

李铮板着脸反问："你记得刚才在走廊上是谁把礼物送给冰校长和汪老师的吗？"

夏梦突然被李铮一言惊醒。对啊，这次是全校学生交换礼物，并没有包括校长和老师，但夏梦却送了两份礼物给冰校长和汪老师，结果当然是夏梦和李铮没有礼物收了。原来罪魁祸首正是夏梦自己。

夏梦一脸尴尬，却依然大发脾气："圣诞节没收到礼物怎么行啊！我整月都在期待今天交换礼物，现在竟然什么都没有，不行不行！"

"那你去找校长和汪老师要回那两份礼物吧。"

夏梦二话不说拿出画笔在李铮脸上画了个大叉。

"喂喂，明明是你自己犯的错，怎么还乱画别人的脸啊！"李铮用力擦着脸说。

"我要圣诞礼物！"

"大家收到礼物都已经赶着回家了，哪里来的礼物给你啊？我们也赶快走吧。"

李铮转身离开，但夏梦挡着他，"我要圣诞礼物！你不是会魔术吗？变一份出来吧！"

李铮额头上掉下豆大的汗珠，"我会的是魔术，不是魔法啊。你以为不用准备就可以变出礼物来吗？"

"人人都有圣诞礼物，只有我没有，这圣诞节怎么过啊？"夏梦显得很失落，好像圣诞节收不到礼物就是世界末日一样。

李铮为了可以尽快脱身，突然递给夏梦一把钥匙。

夏梦惊讶地问："你送我房子吗？"

"把你宿舍的钥匙拿出来吧。"李铮说。

"干吗？"

"你想不想要礼物？"

夏梦姑且把宿舍钥匙拿出来，没想到李铮立刻把钥匙交换。

"什么意思？交换钥匙就当作交换礼物吗？"夏梦一脸惘然。

　　李铮眯着眼说："我想到一个很好玩的交换礼物的方法，现在你可以去我的宿舍里拿走任何一件东西作为礼物。而我也一样，可以到你的宿舍里拿走一件东西作为礼物。限时三十分钟，然后在学校门口会合。"

　　"当然不行啊！"夏梦觉得太冒险了，都不知道李铮会拿走她什么东西。

　　可是她还来不及反对，李铮就已经拿着她的宿舍钥匙跑了，追也追不上。

　　"可恶！"夏梦没办法，唯一可以做的就是去李铮的宿舍寻宝，千万不能吃亏。

　　结果，他们都去了对方的宿舍，名正言顺地乱动乱碰对方的物件，觉得十分好玩。可是回到正题，却又苦苦思索也想不到应该拿走什么作为圣诞礼物。

　　三十分钟的时限到了，夏梦和李铮准时在学校大门会合，并互相归还钥匙。

　　他们心里最好奇的，当然是对方拿走了什么东西。可是他们都不约而同地笑而不答，故作神秘。

　　"圣诞快乐！"他们互相祝贺，然后便带着狡黠的笑容在校门外分道扬镳，各自回家。

　　他们到底拿了什么呢？

　　原来他们什么都没有拿，只是耍小聪明捉弄了一下对方。

　　转了几个街角之后，他们都迫不及待拿出手机打开微博，欣赏自己的伟大恶作剧，怎料却发现——

　　李铮：我猪头李铮祝大家圣诞快乐！　　　　　　👍 ｜ 回复

　　斌少：祝你猪头快乐！　　　　　　　　　　　　👍 ｜ 回复

　　冰之纱：猪头快乐×2　　　　　　　　　　　　　👍 ｜ 回复

Fiona：猪头快乐×100000000 　　　🖒｜回复

最强何欣月：不要放弃治疗啊！ 　　　🖒｜回复

静雅：圣诞快乐！ 　　　🖒｜回复

夏梦：我菜包头祝全人类圣诞快乐！ 　　　🖒｜回复

Fiona：终于承认是菜包头了吗？圣诞快乐！ 　　　🖒｜回复

最强何欣月：哈哈哈……菜包头圣诞快乐！！我是包菜头呀，你好。哈哈哈。 　　　🖒｜回复

婷婷：菜小姐圣诞快乐。 　　　🖒｜回复

小舒琴：小梦，你和李铮是不是扮圣诞老人扮疯了？一个说自己猪头，一个说自己菜包头。明天记得来我家玩呀。Merry Christmas! 　　　🖒｜回复

静雅：圣诞快乐！ 　　　🖒｜回复

——本季完——

意林品牌书系推荐

意林女生文学·《小小姐》品牌书系 为中国女生量身打造，纯正、阳光、向上，优质女孩喜爱的文学品牌

萌灵小说系列

《悠莉宠物店 I》	18.80
《悠莉宠物店 II》	18.80
《悠莉宠物店 III》	19.90
《悠莉宠物店 IV》	19.90
《悠莉宠物店 V》	19.90
《悠莉宠物店 VI（大结局）上》	19.90
《悠莉宠物店 VI（大结局）下》	19.90
《封印之书·九尾狐》	19.80
《封印之书·独角兽》	19.80
《玛丽晴异闻录》	19.90
《薇妮天使旅行》	19.90
《苍岛有风①·人鱼过境》	19.90
《萌物委托社①世外萌龙天然呆》	22.80

冒险励志系列

《迷藏·海之迷雾》	18.80
《迷藏 II·月影迷踪》	19.90
《迷藏 III·幻梦迷城》	19.90
《花与梦旅人 I》	19.80
《花与梦旅人 II》	19.90
《花与梦旅人 III》	19.90
《花与梦旅人 VI（大结局）》	19.90
《花与守梦人①·大公的苏醒》	19.90
《花与守梦人②·占星师的眼泪》	19.90
《花与守梦人③·王陵的秘密》	19.90
《萌侦探纪事 I》	18.80
《萌侦探纪事 II》	19.90
《萌侦探纪事 III》	19.90
《萌侦探纪事 IV（大结局）》	19.90
《迷宫街物语》	19.80
《艾蜜儿宇航日记》	19.90

幸福蔷薇系列

《蔷薇少女馆 I》	18.80
《蔷薇少女馆 II》	18.80
《蔷薇少女馆 III》	19.80
《蔷薇少女馆 IV》	19.90
《蔷薇少女馆 V》	19.90
《蔷薇少女馆 VI》	19.90

浪漫古风系列

《七寻记 I》	18.80
《七寻记 II》	19.90
《七寻记 III》	19.90
《七寻记 IV》	19.90

果绿年华系列

《蝴蝶飞过旧时光》	19.80
《第一女执政官》	19.90
《风之少女琪琪格》	19.90
《霓裳小千金》	19.90
《两生花开时》	22.00

《风云俏萝莉》	19.90

月舞流光系列

《前方江湖请绕行》	19.90
《三色堇骑士之歌》	19.90
《守望彼岸星海》	19.90

萌淑女驾到系列

《萌淑女驾到之美女训练营》	19.80
《萌淑女驾到之天使候补生》	19.80
《萌淑女驾到之人鱼的信奉》	19.90
《萌淑女驾到之天鹅公主成人礼》	19.90

星愿大陆系列

《星愿大陆①·天命巫女》	19.90
《星愿大陆②·白银蔷薇》	19.90
《星愿大陆③·幻月手杖》	19.90
《星愿大陆④·永恒星钻》	19.90
《星愿大陆⑤·夜之王子》	19.90
《星愿大陆⑥·晨光微曦》	19.90
《星愿大陆⑦·琉光暗影》	19.90

浪漫星语系列

《处女座：完美年华初相见》	20.90
《天蝎座：假面黑桃 Q》	20.90
《双子座：闯进你的孤单星球》	20.90
《巨蟹座：追梦的水晶鞋》	20.90
《天秤座：优雅走过下雨天》	20.90
《白羊座：裙摆是花开的地方》	20.90
《摩羯座：寄给青春一座城》	20.90
《双鱼座：浪漫满分灰姑娘》	20.90
《金牛座：微笑天使倔强心》	20.90
《狮子座：再会，骄傲小时光》	20.90
《水瓶座：星光偶像少年蓝》	20.90

淑女风尚馆·气质养成系列

《我要我的淑女范儿》	18.80
《优雅女孩的秘密》	18.80
《清新森女在路上》	18.80
《俏女孩的甜美主义》	18.80

小 MM 迷你爱藏本

《蝴蝶停在十六岁》	18.80
《焦糖玛奇朵天使咒》	18.80
《那一年，花开半夏》	18.80
《雨季微凉时》	18.80
《只穿一天公主裙》	18.80
《月色银蔷薇》	18.80
《傲娇公主的美丽回旋》	18.80
《花田明月照年少》	18.80
《亲爱的小气鬼》	18.80
《青春如诗，静谧花开》	18.80

重磅作家系列

《薄荷香女孩》	19.80
《不说再见好吗（上）》	17.90

"意林·轻文库"品牌书系 倡导校园小说阅读新潮流

血拼累了，菲奥娜喜欢到甜品店坐坐，吃她最爱的香草味冰激凌，再加一杯香浓的巧克力，度过悠闲的午后时光。

夏琳、舒琪和菲奥娜不约而同参加了一个布料比赛，而且都成功入选。随即展开一系列的拍摄活动。

看到心爱之物，菲亚娜当然不会放过，每次总是拎着大包小包步出商店，但她并不觉得自己是在挥霍，只是心头东断西断而已。行事比较果断，只是心头比较多。

ben
SAN FRANCISCO

benefit
SAN FRANCISCO

班花们都准备就绪了，开麦拉（开始拍摄）！

table love

相对于张扬的，菲奥娜更喜欢繁华热闹的大都会气息，琳琅满目的大小商店让她流连忘返。

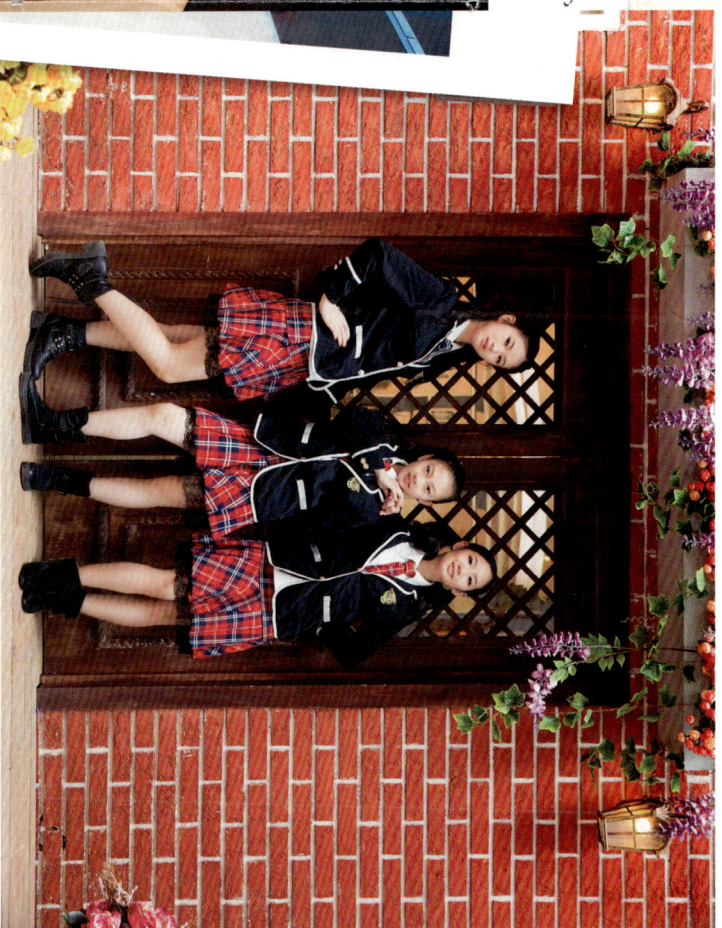

夏林，菲奥娜　舒琴在红砖墙的衬托下，摆出自信十足的姿态，别有一种陆校园的风味。

「音乐公主」舒臻拨动琴弦，弹奏出一段优美的旋律，伴随着动听的歌声，她轻舞飞扬，挥洒快乐……

甜美可人的班花与缤纷夺目的鲜花争妍斗丽，交相辉映。

如此良辰美景，舒琪实在忍不住要高歌一曲了。她拿起最心爱的粉蓝色乌克丽丽（夏咸菜琪专攻弦乐器，归属在吉他乐器一族），从画自弹自唱。放声高歌，抒发情怀。

她们要为经典童话故事书拍摄插图和封面，由夏咸菜琪饰演主角，十分高兴，以为可以穿上华丽的服饰拍照。怎料……那经典童话不是《白雪公主》，而是《灰姑娘》。

作为回报，舒羽也帮夏梦拍下美美的照片，一对闺蜜在清新怡人的美景中一起写生、拍照、野餐，乐而忘返。

大家都演得格外投入，夏梦心里想："我也很想玩秋千呢，嗯嗯……"

没想到活泼爱玩的舒琪突然跳到镜头前，嘟着嘴当起夏初的模特。对于调皮的舒米，夏帅当然义不容辞，记录下舒琪甜美可人的招牌笑脸。

非常棒以少女侦探的造型为侦探小说系列代言，舒琪则饰演侦探的助手。

美景太多，时间太少，复梦未能把景物一一画下来，只好借助相机把美丽的景物收藏，作为以后练习写生的临摹对象。

拍照不忘玩乐，随手拾起一根绳子也可以玩个示乐乐，快乐有时就是这么简单。

身为艺校的美术班学生，夏梦当然不会错过这么优美的风景，所以她背着画架来寻找写生的素材。

好可爱呀，是吗，班花们当然不放过跟自己名字叫"招财"，是学校吉物园里多到的这只猫咪呀，啊咪喵喵，别看它们可爱，跟合照的机会。

妈妈常引导我学习如何飞翔。夏梦展开双臂幻想自己在繁华缤纷的城市里自由自在地飞翔，细看人们的生活，多么有趣。不过，夏梦深深信自己不是鸟，而是能飞得更远更高的苍鹰。

夏梦和舒琪远远偷偷看着"招财"躲到楼梯里，打算在招财熟睡经过时把它抓到，放"招财"出来吓唬她。

晴空万里，绿树成阴，令人心旷神怡。夏智和舒冬笑得比阳光更灿烂，莎娜努力保持高贵的气质，亦难掩心中的舒畅。

拍摄非常成功，斑花们抱着活动主办方赠送的丰富图书，满载而归。

天气转凉，瑟瑟的秋风却不减班花们的活力和冲劲。这一天，难得遇上秋高气爽的好天气，最适宜投入大自然的怀抱，洗涤身心了。班花们走起耶！

这1年快要过去了，大家都过得愉快吗？让我们一起迎接更美好的1年吧！祝大家新的1年有更多收获！